A가 X에게

JOHN BERGER

FROM A TO X *A Story in Letters*

A가 X에게

편지로 씌어진 소설

존 버거 | 김현우 옮김

열화당

동크, 비브와 선샤인을 위해,

그리고

가산 카나파니를 기억하며

Dear Korean Reader

Some people who have read this book ask me whether I really found A'ida's letters or whether I wrote them myself? I could, of course, answer this question, yet it seems to me an unimportant one.

The house of literature has several entrances. There is the front door which has steps leading up to it and columns either side of the door. Entering this way you have the sense of going into a palace.

There are also side doors, which are more modest and more private. Those who enter by them are solitary, they go alone.

And there's a back door, which leads to the kitchen and which the cooks and dishwashers and tradesmen use. It's bustling there. Much coming and going. And this is the door that A'ida and Xavier and I used, talking to one another all the time.

Now, over to you.

John Berger

July 2009

한국의 독자들께

이 책을 읽은 몇몇 분들이 제가 정말 아이다의 편지를 발견한 것인지, 아니면 혼자 꾸며낸 것인지 묻습니다. 물론, 그 질문에 답을 드릴 수 있지만, 제가 보기에 그건 중요하지 않은 문제인 것 같습니다.

문학의 집에는 여러 개의 입구가 있습니다. 계단과 양 옆의 기둥까지 갖추고 있는 정문이 있지요. 그 문으로 들어갈 때는 마치 궁전에 들어가는 것 같은 기분이 듭니다.

또한 옆문도 있습니다. 더 소박하고 더 개인적인 문. 이 문으로 들어가는 사람은 고독합니다. 그들은 혼자 다니지요.

그리고 뒷문이 있습니다. 부엌으로 바로 들어가는 문, 요리사와 접시닦이, 장사꾼들이 이용하는 문이지요. 그곳은 항상 소란스럽습니다. 많은 것들이 드나드는, 바로 그 문이 아이다와 사비에르, 그리고 제가 이용한 문입니다. 늘 서로에게 말을 건네면서요.

이제, 여러분께 건넵니다.

존 버거

2009년 7월

사랑은 시간의 어릿광대가 아니기에…
사랑은 짧은 세월에 변하지 않고
운명이 다할 때까지 견디는 것

만일 이것이 틀렸다면, 그렇게 밝혀졌다면
나는 글을 쓰지 않고, 그 누구도 사랑하지 않았을 것을.

셰익스피어, 「소네트 116」

존 버거가 다시 세상에 선보이는 편지들

작년에 수제 북쪽에 자리한 구릉지대에 보안을 강화한 새 교도소가 들어서면서 도시 중심부에 있던 옛 교도소는 폐쇄된 채 버려졌다.

옛 교도소 73호 감방의 마지막 수감자는 침대가 붙어 있던 벽에 수납 칸을 만들어 놓았다. 수납 칸이라고 해 봤자 빈 말보로 담배 상자를 스카치테이프로 벽에 단단히 붙여 놓은 게 전부였다. 각각의 칸은 카드 몇 벌을 넣을 수 있을 정도의 크기였다. 그 중 세 개의 칸에서 편지 뭉치가 발견됐다.

손이 닿지 않게 감방 벽 높은 곳에 뚫어 놓은 작고 동그란 구멍으로 햇빛이 비쳤다. 감방은 2.5×3미터에 높이는 4미터였다.

창살이 있고 반투명 유리가 끼워진 창문들이 늘어선 긴 복도는 낡은 교도소 부속건물의 감방들을 지나 벙커처럼 생긴 휴게실로 이어지는데, 여기엔 기본적인 취사도구와 세면대, 텔레비전 한 대, 긴 의자와 탁자들이 있고, 늘 무장을 풀지 않는 간수들이 서 있는 단상도 있었다.

73호 감방의 마지막 수감자는 테러리스트 단체를 결성한 혐의로 이중종신형*을 선고받고 복역 중이었다. 그의 이름은 사비에르였고, 수납 칸에서 발견된 편지는 그에게 부쳐진 것들이었다.

편지들을 읽다 보면 시간 순서대로 묶여 있지 않음을 알 수 있다. 아이다—이것이 그녀의 본명인지는 모르겠지만—는 편지에 연도를 적지 않고 그냥 몇 월 며칠인지만 표시했다. 편지는 몇 년에 걸쳐 주고받은 것임에 분명했다. 그 편지들을 옮기면서, R과 나는 그것들을 시간 순서에 따라 다시 맞춰 보려고 하기보다는, 사비에르가 정리한 순서를 존중해 주기로 했다. 종종 아이다의 편지 뒷면에 (그녀는 절대 양면으로 쓰지 않았다) 사비에르의 메모가 발견되기도 했다. 우리는 그 메모도 그대로 옮겼는데, 이 책에서는 고딕체로 표시했다.

이 편지들에서 아이다는 활동가로서 자신의 모습은 그다지 드러내지 않으려 했음을 알 수 있다. 하지만 가끔씩은 그에 대한 언급을 피할 수 없었을 것이다. 편지에 등장하는 커내스터 카드놀이가 그런 활동을 지칭하는 게 아닐까 생각한다. 그녀가 정말 커내스터를 하지는 않았을 것이다. 또한 그녀는, 역시 신중하게, 편지에 등장하는 지인들의 이름은 물론 지명까지 모두 바꾸어 놓았다. 아이다와 사비에르는 결혼을 하지 않았기 때문에 두 사람의 면회는 허락되지 않았다.

아이다가 써 놓기만 한 채 보내지 않은 편지들도 몇 통 있다. 처음부터 보내지 않을 편지임을 알면서 계속 써내려 간 글들도 있고, 밀려오는 감정을 주체하지 못해 죽 써내려 갔다가 나중에 다시 생각하고는 보내지 않는 게 낫겠다고 판단한 편지들도 있다.

보내지 않은 편지들과 보낸 편지들이 어떻게 내 손에 들어왔는지는, 당분간은 비밀에 부치기로 한다. 그걸 밝히면 다른 사람이 위험

* 종신형이 두 차례 집행되도록 하는 형벌로, 서로 다른 두 사건에 대해 각각 종신형을 선고하거나, 한 사건에 대해 종신형을 두 번 선고하는 것을 말한다. 일반적인 종신형의 경우 일정 기간(영국이나 미국 법의 경우 보통 이십오 년)이 지나면 감형되는 것이 현실이지만, 이중종신형의 경우에는 한 번 감형되더라도 두번째 형기(刑期)가 남아 있기 때문에 살아서 풀려날 가능성이 그만큼 희박하다.

에 빠질 수 있기 때문이다.

보내지 않은 편지들도 보낸 편지들과 마찬가지로 파란색 종이에 씌어 있었다. 나는 그것들을 보낸 편지들 묶음 사이에, 내 생각에 적당하다고 판단되는 곳에 배치했지만, 그 위치는 읽는 사람들이 자의적으로 바꾸어도 상관없을 것 같다.

지금 사비에르와 아이다가 어디에 있든, 그들이 죽었든 살아 있든, 신께서 그들을 지켜 주시기를 바라며.

J. B.

첫번째 편지 뭉치

편지 뭉치를 묶은, 면으로 된 천 조각에는 다음과 같은 말이, 잉크가 천에 빨려 들면서 글씨가 조금 뭉개지기는 했지만, 적혀 있었다.

우주는 기계가 아니라 뇌와 비슷하다. 삶은 지금 말해지고 있는 하나의 이야기다. 최초의 현실은 이야기다. 이것이 내가 기술자로 지내며 알게 된 것이다.

나의 엎드린 사자,

지난번에 보낸 소포 받았어요? 말보로 담배와 잠브라노*의 책, 그린 민트, 커피를 보냈는데.

오늘 일어나 보니 하늘이 파랬어요. 멀리서 당나귀 울음소리가 들리고, 가까이에서는 시멘트를 섞는 삽질 소리가 났어요. 중간중간 시멘트를 떨어내느라 삽을 땅에 두드리는 소리도 섞여서 말예요. 디미트리가 집에 방을 하나 더 만들고 있거든요. 나는 그냥 누워서 내 몸에 대해서, 내가 없으면 이 몸은 어떻게 될까를 한가하게 생각했어요, 오늘은 아홉시 반까지 약국에 나가지 않아도 되니까요. 오른손으로 아랫배를 만지면서 침대에 누워 있었어요. 이렇게 말하는 건 당신이 나를 그려 볼 수 있게 하려는 거예요. 아무도 당신을 막을 수 없어요.

발은 어때요? 좀 나았어요?

당신의 아이다

P.S.

어제 카멜레온 한 마리를 봤는데, 녀석은 나무 둥치에서 땅으로

* M. Zambrano(1904-1991). 스페인의 철학자이자 에세이스트.

기어 내려오던 중이었죠. 카멜레온이 골반—아주 작은 골반에는 사람과 마찬가지로 장골(腸骨)이 튀어나와 있지만, 등뼈 위에서 움직이는 방식은 달라요—을 뒤트는 모습이 웃기면서도 능숙했어요. 녀석들은 평평한 바닥과 수직으로 선 벽에 동시에 체중을 실을 수 있다고 하네요! 어려운 협상을 할 때는 녀석들에게 배워야 할 것 같아요, 그렇게 생각하지 않아요? 알렉시스의 말에 따르면 카멜레온은 그리스어로 '엎드린 사자' 라는 뜻이래요.

십억 명의 사람들이 제대로 된 식수를 얻지 못하고 있다. 일 리터의 물이 브라질의 어떤 지역에서는 일 리터의 우유보다 더 비싸고, 베네수엘라에서는 일 리터의 휘발유보다 더 비싸다. 같은 시각, '보티아 앤드 엔스' 사(社)가 소유하고 있는 두 개의 펄프 제지공장에서는 우루과이 강에서 하루 팔천육백만 리터의 물을 끌어와 쓸 예정이다.

미 구아포*,

약국 진열장에 있던 뱀술 세 병 기억나요? 그냥 풀밭에서 흔히 볼 수 있는 뱀과 육즙에 담근 살무사, 그리고 입이 큰 살무사, 이렇게 세 마리였는데. 당신이 어렸을 때 뱀에게 물린 친구의 상처를 빨아서 독을 빼내 준 이야기 해준 적 있잖아요. 이델미스가 매일 아침 가게에 나와서 가장 먼저 하는 일이 그 병들을 보며 뱀들이 잘 있는지 확인하는 거예요. 어쩌면 확인할 게 있어서라기보다는 그냥 녀석들한테 자기가 왔다는 걸 알려 주려는 건지도 모르죠. 어쨌든, 그녀가 약국 주인이니까. 그런 다음 그녀는 흰색 가운을 걸치고 내게 키스해요.

약에 관한 그녀의 기억은 아직도 놀라워요. 각각의 약이 어디 있는지, 활성 성분이 뭐고 주의해야 할 점은 뭔지 정확히 알고 있어요. 기다리는 손님이 많지 않을 때면, 그녀는 진경제(鎭痙劑)와 연고 더미 사이에 있는 작은 탁자에서 책을 읽는답니다. 대부분은 여행 책이죠. 그녀가 가장 좋아하는 단어는 여전히 '발견'이에요. 그녀는 거기 숨어서, 조언을 구하러 오거나 특정한 약을 찾는 손님들을 가려 가며 받을 수 있어요. 손님들의 불평이나 질문에 관심이 갈 때만, 아니면 오십 년 정도 알고 지낸 손님일 경우에만 거기에서 나

* Mi Guapo. '나의 멋쟁이' 정도의 애칭으로 쓰이는 스페인어.

온답니다.

손님을 대하는 모습이 참 인상적이에요. 최초의 여성 약제사 중 한 명이죠. 과학의 자매 같은 여성이라고 할까요. 그녀에게 약제학은 모성애와 비슷한 것 같아요. 그녀는 입을 헹구는 개수대 옆에 달린 거울을 보며 머리를 매만진 다음, 느린 억양으로 기억을 되살리듯 고개를 끄덕여 가며, 확신을 얻기 위해 찾아온 사람들에게 확신을 주죠.

하지만 가운을 벗고 수크라트 약국을 나온 그녀가 버스 정류장을 지나 걸어서 집으로 돌아갈 때면, 그녀는 약하고 자신감 없는 나이 든 여인에 불과해요. 당신이 마지막으로 그녀를 본 이후로도 많이 늙으셨어요. 나도 마찬가지고요. 그녀가 계속 일을 하는 건, 자신이 여전히 치료와 가까이 있다는 걸 느낄 필요가 있어서예요. 가끔씩 나는 그녀가 부럽답니다.

그들이 당신을 잡아간 이후로 '최근에'라는 단어의 뜻이 바뀌었어요. 오늘 밤은 그게 언제였는지 말하고 싶지 않네요. '최근에'라는 단어는 이제, 지나간 시간을 모두 포함해요. 그 말이 몇 주 전이나 그저께를 뜻할 때도 있었죠. 최근에 꿈을 하나 꿨어요.

그 꿈에서 길이 하나 있었는데, 많은 군인들이 매복해 있는 위험한 길이었어요. 여기저기 깊게 파인 자국이 있고 먼지가 날리는 길, 숨을 곳이라고는 전혀 없는 그런 길이었죠. 많은 사람들이 그 길에서 목숨을 잃거나 다쳤어요. 이것도 꿈에서 알게 된 일이죠. 여기저기 흠집이 난 길을 보니 알겠더군요. 나는 그 길을 따라 걸었어요. 마음이 아프기는 했지만 두렵지는 않았어요. 어쩌면 그 길이 우리 난민들의 길이었는지도 모르겠어요. 지금 생각해 보면 꿈에서 종종 그런 일이 생기기도 하는 것 같지만, 꿈을 꿀 당시에는 그런 생각을 못 했어요. 나는 그저 걷기만 했죠. 어느 순간엔가 내 오른쪽으로 돌로 된 절벽이, 방의 벽 높이 정도로 솟아 있었어요. 걸음을 멈추고 그 절벽을 힘들게 기어올랐죠. 내가 본 게 뭔지 아세요? 어떤 말로 표현해야 할지 모르겠네요. 거기엔 말 같은 건 없으니까. 하지만 의미 없는 말들 사이에서 당신은 내가 본 걸 볼 수 있을 거예요. 거기에 자두, 파란 자두가 더미로, 무더기로, 뭉텅이로, 언덕을 이루며 서리를 맞은 채 있었어요. 놀라운 점이, 내 사랑, 두 가지 있었어요. 먼저 그 자두 언덕의 크기인데, 각각의 자두 언덕이 화물기차 사십 개는 채울 수 있을 정도였어요. 언덕이 높지는 않았지만 옆으로 넓게 퍼져 있었어요. 또 하나 놀라운 점은 그 색깔이었죠. 하얀 서리에 덮여 있었음에도, 파란 자두색이 눈부실 정도로 빛나고 있었어요. 혹시나 착각할까 봐 말하지만, 그건 하늘처럼 파란색이 아니라 분명 잘 익은 자두의 파란색이었어요. 그 파란색을 오늘 밤 어둠 속에서 편지에 담아 감방에 있는 당신께 보냅니다.

아이다

금 가격이 일 온스에 미화 칠백 달러를 넘는다.

하비비*,

새로운 날의 첫번째 빛이 돌이킬 수 없는 비상을 시작했어요. 마음먹었다는 듯이 시작되었죠. 하나의 결정이 내려진 거예요. 헬리콥터를 탄 그들이 내린 것도, 우리가 내린 것도 아니죠. 어쩌면, 하루가 더 지나면 누가 무엇을 결정하는지 좀더 분명해질지도 모르겠어요.

저기 왼쪽 하늘에서 동쪽 지평선을 촉촉이 적시고 있는 첫번째 빛은 묽은 우윳빛이네요, 팔십 퍼센트가 물이고 이십 퍼센트가 기름을 걷어낸 우유예요.

내가 한참을 살고 나서도 죽기 전에는 몇 달의 여유를 가질 수 있을 거라는 믿음이 생기는 시간들이 있는가 하면, 어떤 때는 내가 열한 살밖에 되지 않은 것 같은, 아직 알아 가야 할 일들이 많이 있는 것 같은 느낌이 들 때도 있어요.

여덟 명이 여기서 함께 잤어요. 어린아이 둘에 여자 셋, 남자 둘, 그리고 나. 아이들은 저와 마찬가지로 벌써 깼네요. 아이들은 어른들보다 잠들어야 할 이유가 적은 거겠죠. 그들에겐 다시 보고 싶지 않은 일들도 훨씬 적어요.

어머니처럼, 나 역시 어떤 일에 대해 즉시, 그리고 본능적으로 반응했던 때가 있어요. 이젠 조금 영악하게 나를 지키죠, 어떤 일에

* Habibi. '내 사랑'이라는 뜻의 아랍어.

대해 찬성하거나 반대하는 주장에 무관심해졌어요.

그때는, 미 구아포, 나도 당신이 나의 남성성이라고 부른 것을 희생할 준비가, 정의를 위해 죽을 준비가 되어 있었어요. 한마디 말도 없이 떠나 버린 그 빌어먹을 정의를 위해서요!

베개로 쓰려고 접은 외투 안에서 휴대폰이 두 번 울렸어요. 액정에 뜬 문자메시지가 하늘보다 더 밝게 빛나네요. 우리의 머리는 절대 그들의 똥을 먹을 수 있을 만큼 낮지 않다.

당신의
아이다

P.S. 당신이 편지에 쓴 당나귀 이야기 때문에 한참 웃었어요.

약국으로 가는 길에 그 남자가 있었어요. 나는 알아보지 못했지만, 그는 교차로의 길 끝에 앉아 있었죠. 언덕 아래 뽕나무가 있는 그곳 말이에요. 그 남자 옆에 앞바퀴가 휘어진 채 망가진 자전거도 쓰러져 있었어요. 남자는 당신 나이 정도 돼 보였지만 당신과는 전혀 달랐어요.

세상의 어떤 남자도 당신 같지는 않아요. 모든 것들이 같은 것에서 만들어지지만, 사람들은 모두 서로 다르게 만들어지니까요.

남자가 자전거를 타다 넘어진 건지, 아니면 도둑맞았던 자전거를 거기서 찾은 건지는 알 수 없었어요. 하지만 그가 자전거를 만지는 손길을 볼 때 그게 그의 자전거였다는 건 확실해요. 바지 한쪽이 찢어져 있던 걸 보면 넘어진 것일 수도 있겠네요. 뿐만 아니라 입고 있는 옷도 낡고 허름했고, 샌들은 찢어지고 밑창이 거의 다 닳아 있었어요. 그가 넘어졌던 것일 수도 있고, 아니면 그가 잠든 사이에 누군가 자전거를 슬쩍했던 것일 수도 있겠죠. 어쩌면 도둑이 자전거를 타고 가다 넘어진 것일 수도 있고요.

나처럼 혼자 오래 있다 보면 이런 바보 같은 생각을 하곤 해요. 만약 당신이 함께 있었더라면 이런 생각은 하지 않았겠죠. 남자는 자신이 처한 상황을 곰곰이 생각하고 있는 게 분명해 보였기 때문에 그에게 어떻게 된 건지 물어볼 수는 없었어요. 무릎에 팔꿈치를 올리고는 턱을 괸 채로, 샌들을 신은 왼쪽 발 앞부분으로 오른쪽 발 아래를 후비는 소리가 들렸어요. 남자는 막 결정을 내리려는 참이었죠. 그런 순간 많은 남자들은 그렇게 특별한 표정을 짓곤 하잖아요. 마치 사라지고 싶다는 듯한, 하늘 속으로 그대로 녹아들어 버리고 싶다는 듯한 표정. 작은 순교라고나 할까. 여자들은 달라요. 여자들은 대부분 엉덩이를 바닥에 대고 단단히 앉아서 결정을 내리죠.

나도 방금 한 가지 결정을 내렸어요. 우리 결혼하는 게 어때요? 당신이 청혼하고, 내가 '네' 라고 대답하는 거예요! 그런 다음 그들에게 부탁해 봐요. 그들이 허락하면, 내가 당신을 찾아가 결혼식을 올리고, 그럼 앞으로 영원히, 매주 한 번씩 면회실에서 만날 수 있어요!

매일 밤 당신을 조각조각 맞춰 봅니다—아주 작은 뼈마디 하나하나까지.

당신의 아이다

볼리비아. 천이백만 에이커의 땅이 땅 없는 시골 노동자들에게 주어졌다.
추가로 일억사천이백만 헥타르의 땅이, 만약 계획대로 된다면, 이백오십만
명의 사람들에게 재분배될 것이다. 전체 인구의 사분의 일에 해당되는 숫자다.
오늘 밤, 에보 모랄레스* 당신은 우리와 함께 이곳에 있습니다.
이리 와서 나의 독방에, 2.5×3미터 크기의 나의 방에 함께 앉으시지요.

* Juan Evo Morales Ayma(1959-). 2005년에 당선된 반미 · 좌파 성향의 볼리비아 대통령.

카나딤*, 나의 날개,

요즘 들어 소코를 자주 보네요. 그녀의 조카가 자취도 없이 사라져 버렸어요. 시누이는 병원에서 죽어 가고 있고요. 남편이 몰던 택시가 고장나 버리는 바람에 벌이도 없어졌는데, 소코의 바느질은 점점 더 느려지고 있어요. 눈이 침침해지면서 일감을 더 늘이지도 못하는 상황인 데다가, 백내장 수술을 받아야 하는데 그녀 형편에는 영원히 불가능하겠죠. 그녀는 말해요. 돈이 없으면 아무것도 못해, 아무것도.

매일 저녁 지나온 날을 후회하는데, 그녀는 충분히 그럴 만해요. 밤마다 이어지는 후회 속에선 모든 불행했던 일들이 똑같아지고, 그녀는 끊임없이 이어지는 기도를 통해 그것들을 가닥으로 엮어 나가는 거죠. 그녀는 자기를 용서하고 자비를 베풀어 달라고 하나님께 기도합니다. 아멘.

오늘 저녁 그녀가 후회하는 동안, 나는 당신이 그녀의 말을 들어줄 수 있다면 어떨까 하는 생각을 했어요. 당신은 그녀의 불평을 하나하나 떼어내서, 그것들을 곰곰이 살펴볼 수 있게 해주겠죠. 하나씩 하나씩 그것들을 살피며, 어떤 것은 바꿀 수 있고 어떤 것은 바꿀

* Kanadim. 뒤에 이어지는 표현을 볼 때 '(비행기의) 날개'를 뜻하는 터키어 '카나트(kanat)'에서 따 온 애칭인 듯함.

수 없는지 결정해 줄 거예요.

대상을 분리하고 그것들을 다시 하나로 합치는 이야기를 하니, 당신 아버지의 라디오가 생각나네요. 당신 아버지 사진은 우리가 넣어 두었던 책장 두번째 서랍에 그대로 있어요. 당신이나 당신 아버지 모두 이마가 넓은 건 마찬가지지만, 당신 아버지 이마에선 세파(世波)가 더 많이 느껴지죠.

언젠가 특별한 장(場)이 열려서 학교가 쉬는 날이었다고 했죠. 당신이 몇 살이었죠? 열 살이라고 했던 것 같은데. 어머님께 여쭤봐야겠어요. 당신 아버지는 친구 분들과 함께 가축을 보러 갔고, 집에 혼자 남은 당신이 아버지의 라디오를 분해했다고, 부품들을 하나하나 양탄자 위에 펼쳐 놓았다고 했잖아요. 어머님은 발을 동동 구르며 어쩔 줄 몰라 하셨다죠? 장에서 돌아오신 당신 아버지가 소리쳤어요. 왜? 왜? 어떻게 이런 짓을 할 수가 있냐? 왜? 잘 나오는 라디오였는데, 도대체 왜 그런 거야? 다시 조립할 수 있어요, 당신은 작은 목소리로 말했어요. 아버지는 손을 내리시고 말하셨죠. 두 시간 주겠다. 딱 두 시간. 그리고 자정 무렵, 아버지는 당신에게 마지막 부품을 건네셨고, 다음날 아침 두 사람은 아침 뉴스를 함께 들었죠, 당신과 당신의 아버지 말이에요.

다음날 아침 뉴스 내용은, 당신은 항상 그 부분을 힘주어 말했어요. 아바나 평의회가 열리기 직전 파리에서 일어난 벤 바르카*의 암살 소식이었죠. 당신이 그 말을 할 때마다 나는 비상착륙하는 비행기를 떠올렸어요! 어쩌면 라디오에서 나온 뉴스는 하루만 지나면

* Ben Barka(1920-1965). 모로코의 야당 지도자로 1965년 파리 길거리에서 유괴되어 암살됨.

까맣게 잊어버릴 소식이었는지도 몰라요. 진짜 뉴스는 당신이 라디오를 분해했다가 다시 조립할 수 있었다는 거예요!

당신이 있다면, 소코는 자신의 불행들을 하나하나 살펴볼 수 있겠죠. 그 불행들 사이사이에 그녀는 슬픈 미소를 지어 보이겠지만, 시간이 지날수록 그 미소는 조금씩 덜 슬프게 보였을 거예요.

보고 싶어요, 지금—당신의 아이다

"아니, 우리는 누군가를 따라잡기를 원하는 것이 아니다. 우리가 원하는 것은 항상 앞으로 나아가는 것, 밤이나 낮이나, 동료 인간들과 함께, 모든 인간들과 함께 나아가는 것이다. 그 행렬이 앞뒤로 너무 길어지면 안 된다. 그렇게 되면 뒤에 선 사람들이 앞에 있는 사람들을 볼 수 없게 되기 때문이다. 즉 인간이 더 이상 서로를 알아보지 못하고, 점점 더 드물게 만나고, 점점 더 드물게 이야기를 나누게 될 것이기 때문이다."

언젠가 위의 구절을 외웠던 기억이 난다. 두리토에게 누구의 말이냐고 물었더니, 아마 파농*인 것 같다고 했다.

* F. Fanon(1925-1961). 프랑스의 정신과 의사 및 작가. 1950년대 식민주의를 비판하는 글로 명성을 얻음. 대표작 『검은 얼굴 하얀 가면』『대지의 저주받은 자들』 등이 있음.

미 구아포, 미 소플레테*, 나의 카나딤, 야 누르**,

며칠 전에 안드레아가 우리가 처음 만났을 때 이야기를 해 달라고 했어요. 당신과 나 말이에요. 그녀에게 얘기해 줬죠. 이제 당신에게도 해주고 싶어졌어요. 당신이 원한다면, 얼마든지 바꿀 수 있어요. 우리가 과거의 죄수들은 아니니까. 과거에 관해서라면 우리가 원하는 그대로 할 수가 있어요. 우리가 할 수 없는 건 그 결과를 바꾸는 일이겠죠. 우리 함께 과거를 만들어 봐요. 우리가 처음 만난 게 언제였을까요. 어쨌든 한여름이었고 아주 더웠는데, 당신은 트럭을, 지붕 없는 트럭을 수리하고 있었어요. 다른 차들도 몇 대 있었죠. 그 중 몇 대는 바퀴도 없이 돌로 받쳐 놓은 상태였어요. 산헤립 센나케리브 서쪽의 언덕에 있는 공터. 거기에 지붕이 평평하고 작은 창문들이 있는 콘크리트 건물이 있었는데, 이전에는 거기서 사람들이 가족을 이루고 살았겠죠. 당신은 그 건물을 장비보관소로 쓰고 있었어요. 긴 의자도 두어 개 놓여 있었죠. 침대가 하나 있고 그 옆에 해진 깔개도 있었던 걸로 보면, 아마 당신은 거기서 잠도 자고 그랬던 것 같아요. 건물 바깥에는 보리수 한 그루가 그늘을 드리우고 있었고요.

* Mi Soplete. '나의 횃불' 이라는 뜻의 스페인어.

** Ya Nour. 이집트의 춤곡에 나오는 사랑의 표현.

나는 자동차 배터리를 전해 주러 갔었죠. 그걸 들고 있었던 게 기억나요. 배터리는 무겁고 지저분했어요. 그래서 나는 배터리가 소매에 닿지 않게 손가락으로 맨 위의 귀처럼 생긴 부분 아래쪽을 쥐고 차에서 내렸죠.

내려놓으세요, 당신은 내가 다가가는 걸 보자마자 소리쳤어요.

당신은 용접을 하는 중이었어요. 가죽으로 된 앞치마를 두르고, 그 안에는 반바지를 입고 있었죠. 얼굴엔 짙은 철제 보호대를 쓰고 말이에요.

당신이 보호대를 벗고 얼굴을 드러냈을 때, 오른쪽 눈에 검은색 안대를 하고 있었고, 얼굴은 마치 고통을 느낄 때처럼 잔뜩 찌푸리고 있었어요.

눈이 아프세요? 내가 물었어요.

불꽃이 튀어서 그래요, 당신이 대답했죠. 병원에 가 봐야겠어요. 이 일을 할 때면 항상 이렇죠. 당신이 용접봉을 들어 보였어요.

당신은 양말도 신지 않은 채 무거워 보이는 가죽 장화를 신고 있었어요. 장화의 끈은 풀려 있었죠.

어디서 오셨죠? 당신이 물었어요.

나는 당신에게 얘기했어요. 주유소에서 어떤 남자가 내가 사람들이 잘 다니지 않는 그 길로 간다는 걸 알고는 배터리를 좀 전해 달라는 부탁을 했다고 설명했죠.

당신은 나를 위아래로 훑어보다가 중얼거리듯 말했어요. 고맙습니다.

그 안대는 얼마 동안 대고 있어야 되는 거예요? 내가 물었어요.

금을 찾을 때까지요! 당신이 말했어요.

그런 다음, 미소를 띤 채, 나를 향해 성큼성큼 다가오며 당신은 안대를 벗었어요.

이 이야기 마음에 들어요?

아이다

탈지역화. 단순히 노동력이 가장 싼 곳을 찾아 생산과 서비스가 이동하는 것만 뜻하는 것이 아니라, 이전에 자리잡은 지역들을 파괴해 전 세계가 무의미한 곳, 즉 단 하나의 유동성 시장이 되게 하려는 계획을 뜻한다.

그런 무의미한 곳은 사막과는 전혀 다르다. 사막은 산악지역보다 더 많은 얼굴을 지니고 있다. 사막은 용서하지 않는다. 하세로프 지역을 저공비행으로 지나다 —(만약의 경우를 대비해) 착륙장치를 접지 않은 상태였다— 프로펠러의 양 끝이 뒤로 휘어 버린 적이 있다. 파즈에 착륙한 후에야 그 사실을 알았다. 아직 배우는 중이었다.

이 감옥은 무의미한 곳이 아니다.

그럴 때가 있어요. 당신을 내 두 다리 사이에 잡고 있지 않을 때면, 마치 당신이 이전에 들은 이야기 속의 영웅처럼 여겨질 때가요. 내가 지어낸 이야기가 아니라, 언젠가 버스에서 그들이 사람들을 강제로 내리게 했을 때 들었던 이야기 말이에요. 내가 당신을 지어낼 수는 없어요, 백 번을 다시 태어난다고 해도요.

그 이야기 속에서 당신은 공항 근처의 방음벽에 당신이 써 놓은 낙서를 올려다보고 있어요. 미소를 짓고, 스스로를 자랑스러워하고 있네요. 그 낙서들이 마치 방금 띄워 보낸 연이라도 되는 것처럼 말이에요! 아직 어린아이인 당신은 부주의하기 때문에 그들이 다가가는 것도 모르고 있어요. 그들이 당신의 사지를 잡고 군용차에 태우는 동안에도 당신은 여전히 미소를 지으며 스스로를 자랑스러워하죠. 그런 다음 그들이 구호를 지우고, 나이 든 여인이 말해요. 그들이 마치 아무 일도 없었다는 듯 벽을 온통 흰색으로 칠해 버렸지만, 그 벽은 페인트 아래에서 여전히 외치고 있다고!

그렇게 감옥에서, 처음으로 당신은 알렉시스를 만나게 되죠. 지난주에 그를 봤어요. 여전히 왼쪽 콧구멍 아래에 사마귀가 있더군요.(살리실산이 있으면 제거할 수 있어요. 매일 발라 주되 주변의 피부에는 닿지 않게 주의해야 하죠) 그는 지금도 흥분하면 말을 더듬어요. 우리는 함께 카드놀이를 한두 판 했어요.

감옥에서 사귄 친구는 다른 친구들과 달라요, 그렇죠? 농담을 더 많이 할 것 같아요. 자신이 알고 있던 오래된 농담들을 끄집어낸 다음, 먼저 한 입 베어 물고 다른 사람들에게 돌리겠죠. 그들은 다르게 도착해요. 심지어 수백 킬로미터를 이동해 온 사람이라고 하더라도, 그들은 소리 없이, 그리고 아무런 설명도 없이 나타나죠. 그리고 그들은 자신들이 환영받을 거라는 걸 확신해요.

그들은 또한 언제 진지한 이야기를 하면 될지를 결정함에 있어서도 그들만의 방식을 가지고 있어요. 항상 예상치 못했던 때 —자동차를 탔을 때 앞좌석이 기울어져 있는 걸 보면서, 혹은 식사를 마치고 식탁에서 접시를 치우면서— 그런 이야기를 꺼내죠. 그리고 신호에 아주 민감해요. 아주 작은 신호라도 알아차렸을 때는 눈빛으로 무슨 의미인지 알았다는 표시를 합니다. 그들은 절대 공허한 표정은 짓지 않아요.

나는 당신의 눈을 들여다보고 있어요. 그리고 나는 당신의 친구는 아니죠. 나는 당신의 여인이에요. 당신에게 말해 주고 싶은 것이 있어요.

덧없는 것은 영원한 것의 반대말이 아니에요. 영원한 것의 반대말은 잊히는 것이죠. 잊히는 것과 영원한 것이, 결국에 가서는, 같은 것이라고 말하는 사람들도 있어요. 그들은 틀렸어요.

영원한 것이 우리를 필요로 한다고 말하는 사람들, 그들이 옳아요. 영원한 것은, 독방에 갇힌 당신과, 여기서 이렇게 당신에게 편지를 쓰고 당신에게 피스타치오와 초콜릿을 보내는 나를 필요로 하죠.

당신 발이 어떤지 알려 줘요. 나는 알아야 할 필요가 있어요.

당신의 아이다

아무리 좋은 법이라고 해도, 어쩔 수 없이 어설픈 구석이 있다. 그래서 그 적용을 놓고 논쟁과 문제 제기가 있어야만 하는 것이다. 그런 실천이 법의 어설픔을 바로잡고 정의를 실현한다.

불의를 합법화하는 악법들이 있다. 그런 법은 어설프지 않다. 왜냐하면 그런 법들이 적용되면 그 법들이 강요하려는 바로 그것을 강화할 수 있기 때문이다. 그런 법들에 대해서는 저항하고, 무시하고, 도전해야 한다. 하지만 물론, 동지여, 그런 법들에 대한 우리의 저항은 어설프다!

미 소플레테,

그 빵은 보기만 해도 뜨거워서 아직 집을 수 없다는 걸 알 수 있어요. 아침 여섯시부터 약국이 있는 거리의 빵집 앞에서는 스무 명 정도의 사람들이 기다리죠. 내가 가운을 입고 나타나면 그 사람들은 항상 양보해 줘요. 그들은 십오 분 정도씩 기다리며 빵이 나오는 과정을 지켜봐요. 우리는 한 번도 그런 시간을 가져 본 적이 없는 것 같네요. 빵집 주인은 손님들을 보지 않고, 그저 빵과 뜨거운 흰색 화덕 뒤쪽에 떨어진 불똥에만 시선을 고정하고 있어요. 손님들은 무슨 시합을 구경하는 것처럼 주의를 집중하고 기다리죠. 다른 이야기도 있어요.

희망과 기대 사이에는 아주 큰 차이가 있어요. 처음에는 그저 지속되는 시간에서만 차이가 있는 줄 알았죠. 희망이 좀더 멀리 있는 일을 기다리는 거라고 말이에요. 내가 잘못 생각하고 있었어요. 기대는 몸이 하는 거고 희망은 영혼이 하는 거였어요. 그게 차이점이랍니다. 그 둘은 서로 교류하고, 서로를 자극하고 달래주지만 각자 꾸는 꿈은 달라요. 내가 알게 된 건 그뿐이 아니에요. 몸이 하는 기대도 그 어떤 희망만큼 오래 지속될 수 있어요. 당신을 기다리는 나의 기대처럼요.

그들이 당신에게 이중종신형을 선고하는 그 순간부터, 나는 그들의 시간은 믿지 않게 되었어요.

A.

P.S. 인편으로 보낸 무는 받았어요?

교장 선생님(어느 양치기가 그의 두꺼운 안경을 깨 버렸다)이 이런 말을 인용해 주었다. “우리가 더 이상 볼 수 없는 것 중에 가장 사랑스러운 것은 햇빛과 밤하늘에 빛나는 밝은 별, 보름달, 여름 과일—잘 익은 오이, 배, 사과—이다.” 누군가 어제, 겨우 이천오백 년 전에 적어 둔 말이라고 교장 선생님은 말했다.

지금 지붕 위에 앉아 있어요. 무더운 저녁이면 당신과 함께 앉아 있곤 했던 거기요. 지금 내가 내려다보고 있는 이 지붕을 당신은 눈 감고도 가로지를 수 있겠죠. 당신이 아주 잘 아는 지붕이니까. 당신의 저녁 시간은, 지난 편지에서 말한 대로 점점 길어지고 있겠죠. 일주일 만에, 그들은 소등하기 전 세 시간 동안 당신을 독방에 혼자 있게 했다고 했죠. 당신이 했던 연설에 대한 징계라고 말이에요.

징계를 통보할 때 그들은 당신 얼굴에서 아무것도 읽어내지 못할 거라고 확신해요. 당신의 그 은밀함을 사랑해요. 그게 당신의 정직함이죠. F16* 두 대가 저공비행을 하며 지나갔어요. 우리의 은밀함을 깰 수 없으니까 고막이라도 찢어 놓으려고 애쓰는 것 같네요. 지금 내가 보고 있는 것을 얘기해 줄게요.

빽빽하게 자리잡은 창틀들, 옷들이 걸려 있는 빨랫줄, 텔레비전 위성 안테나, 굴뚝에 기대어 놓은 의자 몇 개, 새장 두 개, 임시로 만든 열 개 남짓한 테라스에는 화분들이 수없이 놓여 있고, 고양이에게 먹이를 주기 위한 접시도 보여요. 몸을 일으키면 민트와 몰로키야** 향도 맡을 수 있죠. 전화선과 전선이 사방에 보이는데, 한 달

* 미국에서 제조한 전투기의 일종.

** 이집트에만 있는 푸른 잎이 많은 여름 채소로, 수프를 만들기도 하고 잎을 으깨어 고기나 밥 요리의 소스로 씀.

한 달 지날 때마다 더 낮게 처지는 것 같아요. 에두아르도는 여전히 자전거를 끌고 계단을 세 개나 지나 자신의 집 굴뚝 옆에 자물쇠로 단단히 묶어 둬요. 당신이 모르는 사람들도 이웃에 이사 왔어요. 당신이 심심하지 않게 몇 명 보내 줄게요. 그들이 떠나면, 내가 직접 갈 거예요.

베드는 일하러 가기 위해 매일 새벽 두시에 일어나기 때문에 일찍 잠자리에 들어요. 그가 선택한 거죠. 그는 혼자서, 거리에서 주워온 고철들을 녹이는 일을 해요. 나이는 쉰아홉이라는데, 언젠가 내가 물어봐서 알게 됐죠. 나이에 비해서 젊어 보여요. 사다 출신이고, 아버지는 어부였다고 하네요.

내 눈이 초록색인 건 그 때문이지, 그가 말해요. 그는 삼 년 전에 이곳에 왔어요.

이곳으로 오게 된 이유나 전에 어떻게 살았는지에 대해서는 전혀 말을 안 해요. 말하자면 너무 긴 이야기야, 라고 할 뿐이죠.

일부분만 해주시면 되잖아요.

그건 아무 의미가 없지.

아이들은 있어요?

다섯 명.

지금 어디 있어요?

아들 셋에 딸 둘.

최근에 본 적 있으세요?

멀리서 살아. 몇 년 동안 못 보고 지냈지.

편지는 와요?

내가 글을 못 읽어서.

다른 사람이 대신….

다른 사람 앞으로는 편지 안 쓸걸.

그럼 아저씨한테 편지를 쓰긴 쓰는 거네요?

아니, 걔네들도 내가 글을 못 읽는 걸 아니까.

소식이 궁금하지 않으세요?

한 녀석씩 일요일마다 전화를 해. 돌아가면서 말이지. 그러니까 오 주에 한 번씩은 다 통화를 하는 셈이야. 녀석들이 나한테 휴대폰을 사 줬거든.

자제분들이 어디 산다고 하셨죠?

멀리 살지만 여기—그는 자기 손을 가슴에 갖다 댔어요—도 살지. 다들 다른 곳에 살지만 여기서 모이는 거야. 그는 손가락을 펴서 심장 있는 곳을 가리켰어요.

그의 아내에 대해서 묻지 않았던 건 손가락에 결혼반지 두 개가 끼워져 있어서였어요. 지금은 홀아비로 지내요.

신뢰가 생기는 과정은 참 이상하죠. 베드에 대해 거의 모르고, 그가 뭔가 숨기는 것 같지만 나는 그를 전적으로 믿거든요. 아마 그의 신체적 특징 때문인 것 같아요. 자신의 말을 듣는 것 같은 그의 몸 때문에요. 말을 할 때 그는 먼저 자신의 몸에서 무언가를 찾아낸 다음, 그걸 말로 옮기는 것 같아요.

하루는 약국에서 늦게 돌아오다가 —카드놀이가 있는 날이었어요, 그날 저녁에 커내스터*를 네 판이나 벌였네요— 일을 하러 아파트를 나서는 베드를 만났어요. 걸음을 멈추고 그와 인사를 나눴죠. 그때 골목 아래쪽 모퉁이에 여우 한 마리가 서 있는 게 보였어요. 나는 말없이 그 모퉁이를 가리키며 웃었죠. 베드도 내 표정을

* 두 벌의 카드로 두 명씩 짝을 지어 하는 카드놀이.

알아보고 그쪽으로 천천히 몸을 돌리더니, 팔짱을 끼며 말했어요. 나를 기다리고 있는 거야. 우린 자주 길이 갈라지는 방벽(防壁) 앞까지 같이 걸어갈 때도 있어. 나는 작업장으로, 녀석은 쓰레기 더미로 말이야. 밤에는 또 다른 삶이 펼쳐져. 불 켜진 약국에서 당신이 야근하는 모습을 본 적도 있지. 당신과 거기에 대해 이야기해 본 적은 없지만 우리 둘 다 알고는 있을 거야, 밤에는 또 다른 삶이 펼쳐진다는 거, 아주 다르지. 아주 달라, 그리고 밤에 일하는 사람들은 밤은 물론 그 밤에 일하고 있는 다른 사람들과도 아주 가까워지지. 밤에는 시간도 훨씬 더 친절해지는데, 아무것도 기다릴 게 없고, 밤에는 아무것도 구식으로 보이지 않아.

모퉁이 쪽으로 완전히 돌아선 그는 미소를 지으며 나에게 가볍게 인사를 했어요.

잘 자요, 항상 아픈 사람들을 돌봐 주는 사람, 아이다 부인, 잘 자요.

당신도 베드를 금방 알아볼 거예요, 미 구아포. 키가 아주 크거든요. 이 미터나 돼요. 걸을 땐 다리를 약간 절고요. 그와 함께 당신은 밤에 대해 이야기할 수 있을 거예요.

자 이제 두번째 방문자를 소개할게요. 지금 그녀는 자신의 방 창문 앞에서 콩을 까고 있어요. 나랑 육 미터 떨어져 있죠. 우리는 가끔 수다를 떨어요. 오늘 밤에 그녀는 내가 편지 쓰는 모습을 볼 수 있네요. 무릎에 종이를 놓고 무언가를 쓰고 있으면 사람들은 모두 당신에게 편지를 쓰고 있는 중이라는 걸 알아요. 몇 시간 전에 아마는 기도를 하고 있었어요. 매일 규칙적으로 하는 건 아니고 누군가에게 거짓말을 했을 때면 열렬하게 기도를 드리죠. 자신이 여전히 모든 사람들과 좋은 관계를 유지하고 있다는 확신을 얻고 싶은 거예요! 순진하다고요? 꼭 그런 건 아니에요. 그녀는 그때그때 순간만을 생각하며 살고, 자신과 함께 있는 사람들도 모두 그렇게 해야 한다고 강요하는 것뿐이니까요. 마지막 빵조각을 나누는 거랑 비슷해요. 그녀는 정류장에서 버스를 기다리는 사람들을 상대로 훔친 담배를 팔며 지내요. 그녀의 방은 당신이 있는 감방보다 별로 크지 않을 거예요. 물을 구하려면 운동장까지 내려가야 하죠. 그녀는 물동이를 머리에 인 채 —마치 돈을 받고 엽서에 쓸 사진을 위해 포즈를 취할 때처럼— 계단을 올라와요.

그녀는 모든 사람들에게 눈이 아니라 입으로 웃어 보이죠. 그리고 어깨짓으로 남자들이 접근할 수 없게 막아요.

우리 둘이서 창문 사이로 혹은 지붕에 올라가 해가 지는 것을 바라보며 수다를 떨 때면, 그녀도 웃음을 멈추고 입가에 슬픈 표정을 지으며 내 손을 꼭 잡아요.

그녀는 당신에게 자신의 죽음에 대해 이야기할 거예요. 바다에서 거의 익사할 뻔한 적이 있었다고 하더라고요. 무언가 나를 홀짝홀짝 들이키는 것 같은, 마시고 있는 것 같은 느낌이었어요! 그녀가 말해요. 나를 마시는 사람의 목구멍 안으로 미끄러지듯 내려갔는데, 나쁘지는 않았어요, 뿌듯하다고 할까, 정말 나쁘지 않았어요, 왜냐하면 나는 내가 달콤하다는 것을 알고 있었으니까!

아마는 열아홉 살이에요.

당신의 편지를 쥐고 있으면, 제일 먼저 느껴지는 건 당신의 따듯함이에요. 당신이 노래할 때 목소리에서 느껴지는 것과 똑같은 따듯함. 그 따듯함에 내 몸을 꼭 대고 눌러 보고 싶지만 참아요, 왜냐하면, 기다리면, 그 따듯함이 사방에서 내 몸을 감쌀 테니까요. 당신의 편지를 다시 읽고 당신의 따듯함이 내 몸을 감싸면, 어느새 당신이 쓴 말들은 먼 과거가 되고 우리는 함께 그 말들을 돌아보죠. 우리는 미래에 있어요. 알 수 없는 미래가 아니에요. 우리는 이미 시작된 어떤 미래 안에 있어요. 우리는 우리의 이름을 딴 미래 안에 있는 거예요. 내 손을 잡아요. 나는 당신 손목에 있는 상처에 입을 맞춰요.

당신의 아이다

그들은 우리가 다음으로 기획하고 있는 일을 예측할 수 없다. 이것이 그들이 안절부절못하는 이유다. 그들이 우리를 몰아넣은 침묵의 지대를 그들은 건널 수 없다. 그들 쪽에서 보면 그 경계에는 그들이 우리에게 덮어씌운 잘못된 비난들이 내는 소음이 있고, 우리 쪽에서 보면 그 경계에 우리가 준비하고 있는 침묵의 마지막 기획이 있다.

야 누르,

그는 한때 이발사였는데, 남의 이야기를 아주 잘 들어 줘요. 가산은 윈즈 아스홀 근처에 살죠. 자신이 직접 지은 작은 집에서 지내는데, 젊었을 때, 삼십 년 전에 지었다고 하네요. 주말과 긴 여름밤에만 작업을 했기 때문에 다 짓기까지 오 년이 걸렸대요. 주변에 있던 다른 집 몇 채는 모두 폐허가 되었죠. 겨울에는 살을 에는 듯이 추운 곳인데 몇 세기 동안 아무 변화도 없네요. 작년에 가산은 아내를 잃었어요. 지금은 꽃 가꾸는 일에만 모든 열정을 쏟으며 지내죠.

그가 지난주에 약국에 들렀어요. 나이 든 남자들—여자들은 좀처럼 그런 일이 없는데—이 종종 보여주는 조심스러운 걸음걸이였죠. 마치 물이 가득 찬 대야를 양손으로 든 채 쏟아지지 않게 조심하는 것 같은데, 생각해 보면, 아마 전립선 문제와 관련이 있지 않을까 해요. 그는 테라조신 성분이 있는 하이트린 정 처방전을 들고 왔어요. 내가 복용법을 설명해 주자, 언제 한번 자신의 화단을 보러 오라고 하더군요. 그래서 오늘 아침 근처에 볼일을 보러 갔다가 그의 집을 찾아갔죠. 그는 자신이 키운 붓꽃을 보여주었어요. 구릿빛 꽃잎의 안쪽에 검은색으로 글씨가 적혀 있었어요. 모두 똑같은 문구였죠. 내가 존경스럽다는 듯이 꽃을 내려다보자, 그가 한 송이 꺾어 주었어요. 그리고 이런 말을 했던 것 같아요. 내 아내가, 이제 머지않아 떠날 텐데, 지금 방안에서 신들과 이야기를 나누고 있어요.

이미 이별이, 버릇없는 원숭이처럼, 창가에 매달려 있네….

나는 대답하지 않았어요, 왜냐하면 그 역시 내게서 본 뭔가에 대답을 하고 있는 것처럼 보였거든요. 그는 자신의 상실감과 나의 상실감을 비교하고 있었던 거예요. 그리고 나는, 그가 살아온 집과 이제 폐허가 되어 버린 주변의 다른 집들을 비교했어요. 모두 비슷한 크기였죠. 침실 두 개, 거실 하나, 열세 개의 모퉁이와 천한 가지의 비밀. 폐허가 된 집들은 더 작아 보이네요. 집안에는 라디오가 켜져 있었어요. 여자 가수였죠. 세자리아 에보라*. 그와 대조적으로 폐허가 된 집들은 조용했어요. 마치 에보라의 목소리가 그 폐허가 된 집들은 조심조심 피해 가는 것만 같았죠.

그는 커피나 한 잔 하고 가라면서, 라디오를 껐어요. 그런 순간들이 있어요. 그녀가 죽은 게 아닌 순간들 말이죠. 그가 커피를 홀짝이며 말하더군요. 날이 밝으면 그 순간들도 늘어나지요. 하지만, 매일 하루는 그녀의 부재로 시작합니다.

내겐 그게 진실이 아니에요. 나의 하루는 당신의 부재로 시작하지 않거든요. 그건, 우리가 하고 있는 이 일을 하기로 했던, 우리가 함께 내렸던 그 결정으로 시작해요.

당신이 작동이 잘 되지 않는 기계를 살피며 고칠 방법을 찾고 있는 모습을 맨 처음 봤을 때가 기억나요. 컴퓨터에 연결된 프린터였죠. 우리가 뭘 출력하려고 했는지 기억나요? 너무 오래전 일이네요.

당신은 흰색 셔츠의 넓은 소매를 겨드랑이까지 말아 올린 모습이

* Cesaria Evora(1941-2011). 아프리카 서부 세네갈 연안의 작은 섬나라인 케아프 베르데 출신의 여성 음악가.

었죠. 아바데스 시장 뒤쪽의 어느 건물 지하실이었어요. 당신 겨드랑이 털이 어찌나 꼬불꼬불한지 하나하나가 8자 모양처럼 보였어요. 당신은 프린터의 덮개를 뜯어내고는 연결선들을 살피고 있었어요.

아바데스의 중심가에선 그들이 험비* 두 대를 몰고 현장을 급습했죠. 당신은 아주 침착하게, 일 센티미터씩 연결선들을 확인했어요. 왼손에 전동 드라이버를 들고 있었는데, 마치 부리가 여럿 달린 굴뚝새처럼 작았죠. 가끔씩 당신이 그걸로 연결선들을 건드려 보기도 했어요. 나는 알 수 있었어요—당신 어깨만 봐도 다 알 수 있었죠—, 당신이 그저 전선들을 따라가는 게 아니라, 그 기계를 고안하고 만들었던 사람들의 사유 과정을 밟아 가고 있다는 걸 말이에요.

중심가에서 총소리가 났어요.

이렇게 해봅시다, 당신이 속삭이듯 말했어요. 순간 나는 사람이 만든 기계에는 여러 사람들이 공유할 수 있는 정교한 회로가 있다는 것을 알게 되었죠. 마치 시를 공유하는 것처럼 말이에요. 나는 당신의 손등에서 그 사실을 보았어요.

그때 당신의 그 손등만큼 나에게 확신을 준 말은 없었어요. 중심가에서 시끄러운 확성기를 통해 그들이 명령을 내리는 소리가 들렸죠. 몸을 일으킨 당신은, 나를 똑바로 쳐다보며, 고개를 끄덕였어요. 그리고 부어오른 한 쪽 눈으로 윙크를 해 보였죠.

A.

* 지프와 경트럭의 특성을 합쳐 만든 군용 차량.

이뉴잇족 시인인 파네구쇼가 들어와서는 자신이 어린 시절에 알았던 사람들에 대해 이야기했다. "그들은 아름다워지려는 노력은 하지 않았지, 그냥 진실하려고 했을 뿐이지만, 거기엔 아름다움도 있었단 말이야. 그건 관습이었어."

야 누르,

세상의 저쪽 편에서, 지난 수요일에, 그들은 하루를 마칠 때쯤 찾아왔어요. 사람들이 스스로에게 이런 말들을 하고 있을 때였죠. 오늘 일도 마쳤네… 이제 끝났어, 서두를 필요 없잖아, 여유있게….

그들은 수색하고, 탐문하고, 겁을 주기 위해 왔어요. 수가 어찌나 많은지 셀 수도 없었죠. 모두 총과 수류탄을 지니고 있었어요. 갑자기 나이가 든 것 같은 기분이 들었어요. 나는 군인들이 전사였던 시절을, 어머니들이 군인인 아들들을 자랑스러워했던 —물론 걱정하긴 하지만— 시절을, 아직 기억하고 있어요.

저쪽으로 가! 이 더러운 원숭이들 같으니라고! 더 가란 말이야! 빨리 움직여, 씨발. 뭘 꾸물거리는 거야?

그들의 명령에 따르며 지켜보는 동안 나는 당신과 아주 가까이 있는 것 같은 느낌이 들었어요. 그들은 우리를 여러 무리로 나누었죠. 남자와 여자, 나이 든 사람(많이 위험하지 않은 사람)과 위험한 사람. 나는 아직은 위험한 사람 쪽이었다고, 그렇게 말할 수 있어서 기뻐요. 각각의 무리를 모퉁이에 몰아넣었어요. 나이 든 사람들 중 몇몇이 앉아도 되겠냐고 물었죠. 허락을 받아야 해요. 그 전엔 잠깐이라도 안 돼요.

세상을 가로질러서, 군복을 입고, 중무장을 한 채, 명령을 받은 군인들이 체포당한 비무장 상태의 시민들, 일시적으로 고립된 채 포위된 시민들을 마주하고 있는 상황이에요. 이것이 군인들이 새로 맡은 일이에요. 물론 이전에도 항상 그런 일은 있어 왔죠. 하지만 이전에는 이렇게 조직적이진 않았어요.

군인들이 몹쓸 놈들로 변해 버렸어요. 그리고 나이 든 여인—당신의 나이 든 여인 말이에요—은 아이스킬로스*를 기억하죠.

그들은 남자들을 전장으로 보내고,
하지만 그 남자들 누구도 돌아오지 못하네;
그들을 환영할 준비를 하고 있는 집으로,
항아리에 담긴 뼛가루가 되어 돌아오면…
사람들은 눈물로 그들을 기리며 말하네
'그는 군인이었노라' 혹은 '그는 죽었노라
고귀하게, 온통 죽음에 둘러싸인 채!'

'진격'이나 '후퇴' 혹은 '엄호하라' 같은 옛날 군대의 명령은 이제 쓸모없는 것이 되어 버렸어요. 이젠 전선도 없고, 적군도 없으니까요.

이 몹쓸 놈들에 대해 고귀하게 죽었다고 말해 줄 사람은 아무도 없을 거예요.

그들 중 누군가 죽게 된다면, 그와 가까운 사람들은 그 죽음을 애도하겠지만, 그 죽음이 일어난 상황에 대해서는 침묵을 지킬 거예요, 아무 말도 없겠죠.

* Aeschylos(B. C. 525-B. C. 456). 고대 그리스의 삼대 비극 시인 가운데 한 사람. 작품으로 『결박당한 프로메테우스』 『오레스테이아』 등이 있음.

수요일에 중요했던 단 하나의 단어는, 무릎 꿇은 사람들을 향해 발사된 총에서 나온 소리뿐이었어요.

이런 상황을 받아들이느니 우리만의 시간을 택하는 게 나을 것 같아요.

우리는 서로를 알죠. 우리는 크로코딜로폴리스*가 번성하던 때부터 서로를 알고 있었어요.

(보내지 않은 편지)

* 고대 이집트의 도시.

미 구아포,

이멘세 만다라는 음악 선생님이 지난주에 이곳에 도착했어요. 사전 통보도 없이 갑자기 나타났죠. 하늘로 날아오르는 한 마리 메추라기처럼 막판에는 양팔을 흔들며 약국을 가로질러 다가오는 그녀는 기쁨에 넘쳐 보였어요.

우리의 우정이 처음 시작될 무렵, 그녀는 감옥에 처음 간 사람이 느끼는 절망으로부터 나를 구해 주었죠—그때 나는 아직 열여덟 살도 안 되었거든요. 그 이야기는 전에 당신에게 해준 적이 있지만, 그녀를 다시 만나고 나니 또 해주고 싶어서요. 모든 사랑은 반복을 좋아해요. 그것은 시간을 거부하는 것이니까요. 당신과 내가 하는 것처럼 말이에요.

라마스가오에서 우리는 여섯 시간 동안 군복을 바느질하는 강제노동에 시달려야 했어요. 내가 처음 작업하던 날, 만다는 비어 있던 내 옆자리로 와서 앉았어요. 그녀가 마치 시에라를 건너는 만원 버스처럼 나를 향해 다가오는 것을 보았죠. 오랜 여정을 겪으며 서로 잘 알게 된 승객들이 그녀 안에서 농담을 주고받고 있었어요.

일을 엉망으로 만들고 싶어하는 것처럼 보이네요! 이게 그녀가 내게 처음 건넨 말이었어요. 나는 고개를 끄덕였죠. 더 나빠지고 있어요, 그녀가 말했어요. 한 번 더 바늘을 힘껏 밀어 보세요. 힘들겠지만 할 수 있어요. 한 번 더 밀어 넣고 나면 그게 끝이에요. 그렇지 거기! 잘했어요.

만다가 미소를 지을 때는 얼굴에 난 깊은 주름을 따라 빗물이 흘러내리는 것처럼 보이죠. 그때 그녀가 미소를 지었어요. 한 손으로 커다란 바늘을 높이 치켜든 그녀의 얼굴을 미소가 흠뻑 적셔 놓았어요.

생일이 언제죠? 다음날 아침 견장을 달면서 그녀가 내게 물었어요. 대답해 줬죠, 나도 그녀의 버스에 타고 싶었거든요. 거기 내 자리도 하나 있었어요.

그녀는 별로 변하지 않았어요. 헝클어진 검은 머리칼은 염색한 건데, 옛날에 하던 방식대로 머리칼을 휘날리더군요. 상대방의 말에 따라 짙은 눈동자가 극적으로 커졌다 작아졌다 하는 것도 그대로고요. 새로운 게 있다면 류트 연주를 배웠다는 거예요.

자세한 사정은 알 수 없지만, 그녀는 류트 연주가 자신이 가고 싶어하는 어딘가로 들어가는 입구라고 생각하는 것 같아요. 어떤 기관이나 위원회, 어쩌면 그냥 어떤 건물일 수도 있겠죠. 그래서 수업을 들은 거예요.

류트는 다른 어떤 악기와도 달라요, 그녀가 말했어요. 하나의 류트를 가슴에 안는 그 순간부터, 악기는 남자가 되거든요! 남자를 연주하는 거예요. 그건 즉시 느낄 수 있죠. 현—취향에 따라 일곱 개, 열세 개 혹은 스무 개까지 다양한데—을 뜯으면, 그건 그의 가슴과 목, 어깨를 뜯는 것과 같아요. 류트 소리는 남성적이에요, 남성적. 그렇게 당신이 연주한 모든 남자들을 기억하는 거예요.

그녀는 두툼한 팔로 트롬본, 트럼펫을 연주하고, 입을 가린 채 하모니카를 연주하고, 첼로의 활을 켜는 모습을 차례대로 흉내 냈어요. 등껍질이 없는 거북이 중에 류트라는 종이 있어요, 그녀가 말했어요. 아주 예쁘고 생긴 게 악기 류트랑 비슷해서 그런 이름이 붙었죠! 하지만 연주할 수 있는 남자를 놔두고 누가 거북이를 연주하겠어요?

류트를 무릎 위에 올려놓은 다음, 세상의 첫번째 음을 연주하는 거죠. 그녀가 갑자기 말을 멈추고, 우리는 웃음을 터뜨렸어요. 웃음이 멈출 때까지 마음껏 웃었네요.

잠시 후 그녀가 나를 돌아다보며, 눈을 아주 가늘게 뜬 채, 속삭였어요. 육 개월 후면 당신과 사비에르는 다시 만날 수 있을 거예요. 어디서인지는 묻지 마시고, 어떻게 만날 수 있냐고도 묻지 마세요. 나도 그냥 두 분이 만나게 되리라는 것만 알고 있을 뿐이니까.

그녀는 사흘을 머무른 다음 —내가 소파에서 잤어요— 오늘 아침 미라로 떠났어요. 어젯밤에는 내가 친구들을 불러서 요리를 하고 그녀는 이름 이야기, 사람들의 이름에 대한 이야기를 시작했죠.

처음엔 이름이 단 두 개밖에 없었어요. 그녀가 말했어요. 그게 다였어요. 여자들을 위한 이름 하나와 남자들을 위한 이름 하나. 머지않아 그 각각의 이름에서 변종들이 나오기 시작했죠. 시간이 지나면서 전 세계의 사람들에게 이름이 주어지고, 점점 더 독특하고 다양한 이름들이 나오면서 결국에 가서는 더 이상 서로를 알아볼 수 없는 지경까지 된 거예요. 하지만 다른 단어들과 달리 사람의 이름에는, 아무리 이상하고 낯설게 들리더라도 일단 그 이름을 듣거나 소리 내어 읽어 보면, 어떤 공통의 소리가 들어 있답니다. 음절 안에 있다는 이야기가 아니에요. 아이다, 카림, 샤스노 같은 소리가 아니에요. 공통의 소리는 이름들을 둘러싸고 있는 어떤 분위기 안에 있는 거예요.

만다는 눈을 감은 채 계속 얘기했어요. 그 소리는, 제가 믿는 바로는, 속도에서 나오는 것 같아요. 벨로시티*라는 것이 벌써 사람 이름처럼 들리지 않나요, 그렇죠? 세상의 모든 이름들은 그 기원으로 돌아가 다시 하나가 되기 위해, 혹은 전자기 광자보다 더 작은 입자로 쪼개지기 위해 빛의 속도로 달려가는데… 어느 쪽인지는 확실치 않지만, 그게 중요한 건 아니에요. 중요한 건, 이름은 그 어떤 단어와도 다르다는 사실이죠. 그게 제가 류트를 배우는 이유예요.

아! 음악 선생님이란!

내 이름에서 당신 이름으로!

아이다가 사비에르에게

* '속도' 라는 뜻.

"이백 년에 가까운 시간이 지난 지금 우리는, 미국이, 자유라는 미명 아래,
전 세계를 가난으로 채우려 기획하고 있다고 말할 수 있습니다.
미 제국은 오늘날 세계에 존재하는 가장 큰 위협입니다…."

차베스*, 2006. 7. 27, 모스크바

* H. R. Chavez Frias(1954-2013). 반미·좌파 성향의 베네수엘라 대통령.

미 소플레테,

창문 너머로, 땅에 코를 박고 냄새를 맡으며 멀리 디미트리의 집 옆을 천천히 걸어가는 개 한 마리가 보여요. 나와 마찬가지로 녀석도 무언가를 찾고 있지만, 그게 무엇인지는 모르죠. 녀석이 모든 감각기관을 총동원해서 놀랄 만한 일을 찾고 있다고 생각해 봐요. 나는 당신에게 내가 함께 있다는 것을 전해 줄 말들을 찾고 있어요.

여자가 남자에게 줄 수 있는 재미있는 것 중 하나는 둥근 지붕이에요. 웃지 마세요. 탑은 여성적이에요.

여자가 집안에 살게 되면, 천장이 휘는 거예요. 눈치채지 못했죠? 방에 있는 여자가 불행하면 천장은 찢어진 소매처럼 늘어지죠. 그녀가 아무 문제없이 잘 지낸다면 천장은 갈릴리 언덕처럼 계속 부풀어 올라요. 그런 효과를 보려면 그저 여자가 한 번 찾아오는 것만으로는 안 되고, 반드시 그 안에 살아야 해요. 날씨처럼 몇 달 동안 계속 유지되어야 하는 거라고요.

몇 달 동안 계속 유지가 되면, 마치 열대성 저기압이나 고기압이 천장을 가로지르며 거기에 물결 모양의 곡선을 만들고, 기하학은 어디 주사위놀이를 하러 갔는지 온데간데없이 사라진 것처럼 느껴지죠. 어디에도 직각은 없게 돼요. 오직 경사면뿐이죠.

남자가 그런 방의 바닥에 누우면, 천장은 그의 위에 있는 것이 아니라 그의 옆으로 내려와 몸에 꼭 맞는 크기가 돼요. 잠자리에 누워

봐요. 당신에게 그 둥근 지붕을 보냅니다.

당신 생일날 함께 가서 식사하곤 했던 미라로 차를 몰고 가요. 우리가 함께 갔던 그 길을 달리죠.

하늘에는 태양이 낮게 떠 있네요. 태양은 근시여서 그 동안 달라진 변화들을 알아보지 못해요. 산에서부터 이어지는 땅의 생김새는 그대로예요. 태양도 그건 알고 있죠.(땅이 너무 말라 있어요. 지난 두 달 동안 비가 오지 않았거든요) 경사가 완만해지는 지점부터 사람들의 거주지가 시작돼요. 몇 시간마다 여기저기서 작은 변화들이 일어나지만 태양은 알아차리지 못하죠.

초자*들이 문을 열어 놓은 채 나란히 늘어서 있어요. 낮에 있었던 말다툼이나 최근에 죽은 사람, 누가 새로 아기를 가졌는지, 오늘 밤엔 어디서 물을 길어 와야 할지를 이야기하죠. 수천 개의 가정들. 그 가정들 하나하나마다 예측하지 못했던 비밀들이 숨어 있어요.

그들은 그런 비밀들과 떼어놓기 위해 당신을 감옥에 넣었지요. 그래서 나는 해가 지는 시간에 맞춰 당신에게 그것들을 보냅니다. 그들은 그 비밀들을 읽을 수 없고, 당신은 읽을 수 있어요, 그러니….

당신의
아이다

P.S. 천장 한 번 올려다봐요.

* '오두막' 이라는 뜻의 스페인어.

적을 직접 공격할 수는 없다. 정면에서 마주한 적은 절대 무너뜨릴 수 없다. 정면에서 마주한 적은 승자로 보인다. 계속 승자로서 보이기 위해 적은 새로운 정면 상대를 필요로 한다. 그런 상대는 존재하지 않기 때문에 적은 그 상대를 만들어낸다. 우리는 그때를 기다렸다가 수많은 측면 공격을 위한 기회로 활용한다. 이것이 저항의 전략이다.

어젯밤 새벽 두시에 윈즈 아스홀 부근을 지나고 있었어요. 유산을 하면서 피를 너무 많이 흘린 여인에게 주사(트라넥사민산 2.5그램)를 놔 주러 가는 길이었죠. 넉 달 된 태아였고, 남자아이였어요. 산모 이름은 미리엄인데, 폭격을 받은 마을처럼 황폐한 상태였죠.

돌아오는 길에는 수레를 끌며 고철을 모으고 있는 베드를 만났어요. 그는 벌집에서 꿀을 뽑아내는 기술에 대해 이야기했어요. 꽃이 다 진 지금이 바로 꿀을 모으는 때인데, 그래서 그도 이야기를 꺼낸 거겠죠. 완벽하다고 할 수 있는 방법은 없지, 그가 말했어요. 하지만 완벽한 건 그다지 매력이 없잖아. 우리가 사랑하는 건 결점들이지.

그는 고개를 들어 밤하늘을 올려다봤고, 이어진 침묵 속에서 나는 그의 야윈 얼굴을 바라보았어요. 우리 아버지가 살아 계셨다면 연세가 비슷했을 거예요. 결점들! 그가 반복해서 말했죠.

차를 타고 돌아오면서 당신 오른손 손목에 있는 흉터를 떠올렸어요. 화상 흉터. 결점. 내가 당신을 알아보는 첫번째 표시예요. '신체적 특징' 이라는 말은 참 이상하죠, 안 그래요? 그건 그들의 경찰 기록이나 착취 과정을 위해서 고안된 말이죠.

눈을 수식하는 공식적인 형용사는 네다섯 개밖에 안 돼요. 갈색, 파란색, 옅은 갈색, 녹색. 당신의 눈 색깔은 사비에르색이에요.

지난번 편지에서 제이미스가 시작한 수학 교실에 모두 열두 명이 참석하고 있다고 했죠. 잠깐만요, 내가 인용구를 하나 찾아서 보내줄게요. 타사에서 약제학을 공부할 때 쓰던 노트에 적혀 있을 거예요.

두 시간이 걸렸지만, 결국 찾았어요. 거의 이천 년 전에 누군가 했던 말이에요.

모든 사물에 공통된 어떤 속성이 있는데, 그것을 알게 되면 인간의 정신은 가장 위대한 자연의 경이로움에 눈 뜨게 된다. 제1원칙은 모든 사물에서 발견되는 두 개의 무한함, 즉 무한하게 큰 것과 무한하게 작은 것이다…. 자연은 모든 사물에 자신의 모습은 물론 자신의 창조자의 모습까지 새겨 놓았기 때문에, 모든 사물은 자연이 가진 두 가지 무한함을 공유하고 있다.

당신 손목에 있는 흉터를 봅니다. 지나가는 세월에 대해 생각하고 있어요. 나의 모든 잘못과 결점 중에 당신은 어떤 게 가장 마음에 들어요? 말해 주세요, 우리 함께 이 긴 밤이 지나도록 그것을 즐길 수 있게, 천천히 그리고 나지막하게 말해 주세요.

당신의
아이다

카산드라 윌슨*의 노래가 라디오에서 나오고 있다.

"나는 단지 해가 질 때
당신이 보고 싶을 뿐이에요.
그것뿐이죠.
나는 단지 해가 질 때 당신이 보고 싶을 뿐이에요.
더 이상은 바라지 않아요."

* Cassandra Wilson(1955-). 미국의 여성 재즈 가수로, 이 곡은 「해가 질 때(When the sun goes down)」임.

미 구아포,

당신 어머님을 뵈러 갔어요. 모든 정황을 고려해 볼 때, 괜찮게 지내시는 것 같았어요. 만약 당신이 문을 열고 들어선다면 곧장 어머님께 입 맞추고 싶은 생각이 들 거예요.

주방은 티 한 점 없이 깔끔하고, 침실을 서늘하게 하기 위해 가리개도 내려져 있었죠. 어머님은 코바스에 있는 당신 동생에게서 온 편지를 크게 읽어 달라고 하셨어요. 내가 젊었을 때는, 어머님이 말씀하셨어요, 글을 못 읽고 못 쓴다고 해서 크게 문제가 되지는 않았지. 중요한 일에 대해서는 사람들이 늘 토론을 했으니까. 하지만 요즘은 너무 많은 일들이 소리 없이 벌어지고 있어. 사람들이 어떤 결정들을 내리는지를 알기 위해 글을 읽을 줄 알아야 하는 거지.

나는 큰소리로 어머님께 편지를 읽어 드렸어요. 편지 내용만 봐서는 당신 동생은 코바스에서 친구들도 사귀고 돈도 벌고 있는 것 같았어요. 상황이 달랐다고 해도 편지는 지금과 똑같이 썼겠지만. 남자들은 일정한 나이가 되면 종종 자기 어머니를 마치 아이 다루듯이 대하는데, 그건 잘못된 거예요. 어머니들은, 글을 읽을 줄 알든 모르든, 모든 것을 받아들일 수 있답니다.

우리는 녹차를 마시며 당신 이야기를 했어요.

체중이 많이 줄었나?

저도 그 사람 못 봤어요, 어머니.

괜찮을 거야. 무슨 일 있었으면 내가 알았을 거야, 어머님이 말씀하셨어요.

이머님은 침실로 들어가셨어요. 무거운 숨소리가 들렸죠. 다시 주방으로 나오셨을 때는 시클라멘 색 휴지에 싼 무언가를 들고 계셨는데, 내게 건네시며 풀어 보라고 하셨어요. 천천히 그 물건을 풀었죠. 청금석이 박힌 반지였어요. 청금석은 규산염의 일종이에요. 당신이 원한다면, 미 구아포, 원소기호도 알려 줄 수 있어요! $(Na,Ca)_8(AlSiO4)_6(So4,S,Cl)_2$예요.

나이 든 여인들이 아끼는 작은 돌조각이 다른 여인들이 가진 보석들보다 더 빛날 수 있을까요? 아마 그럴 거예요. 그들이 젊은 시절 몸에 지니고 다녔던 보석에는 그들 본인이 한때 지녔던 빛이 담겨 있죠. 해가 진 직후에 몇몇 꽃에서 아직 남아 있는 빛을 볼 수 있는 것처럼 말이에요.

그 주방에서, 내 손바닥에 놓인 당신 어머니의 은은한 파란색 청금석이 빛을 냈어요.

어머님이 갖고 계세요, 내가 말했어요.

사비에르도 내가 오늘 너에게 이걸 주기를 원할 거야, 어머님이 큰 소리로 말씀하셨죠.

그들이 우리의 결혼을 막고 있어요, 내가 다시 알려 드렸어요.

어머님은 반지를 집어 내 왼손 넷째 손가락에 끼워 주셨어요. 나는 개의 머리를 쓰다듬어 주는 것처럼 반지를 쓰다듬어 보았어요.

어머님은 잠시 숨을 멈추셨어요. 오십 년 전, 당신께서 그 반지를 꼈을 때도 똑같은 동작을 해 보였던 게 생각나셨던 거예요.

A.

사실을 말해 줄까? 단어들이 괴롭힘을 당한 나머지 정반대되는 의미를 가지게 되었다. 민주주의, 자유, 진보 같은 단어들은 그들만의 독방으로 돌아가면 알 수 없는 것이 되어 버린다. 다른 단어들도 있다. 받아들여지지 않던 제국주의, 자본주의, 노예제 같은 단어들이, 거의 모든 경계면에서 다시 등장하고 있고, 이전 그것들이 있던 자리에는 세계화, 자유시장, 자연법칙 같은 사기꾼들이 활개를 친다.

해결책: 가난한 자들의 저녁 대화. 거기에서라면 일말의 진실이 말해지고 지켜질 수 있다.

나의 엎드린 사자,

독방에 갇힌 수감자에게는 편지를 받거나 보내는 게 금지돼 있다는 건 우리 둘 다 알고 있지만, 그렇다고 내가 편지 쓰는 것까지 막을 수는 없어요.

당신도 언젠가 이 편지를 읽게 되겠죠. 그들이 다음번에 당신을 독방에 가둘 때, 내가 해준 이야기를 기억했으면 좋겠어요. 그래서 우리를 쓸모없는 존재로 만들려는 목적으로 만들어 놓은 그 이 평방미터짜리 방에서 당신 자신에게 다시 이야기해 줄 수 있게 말이에요.

그때 나는 스물네 살이었어요, 우리 둘 다 파즈에 있었고, 봄이었죠. 우리가 만난 지 구 개월이 되었을 때 이야기예요.

일찍 일어난 내게 당신이 속삭였어요 ―전날 밤 창밖으로 시계꽃 덤불이 보이는 건물 일층에서 잠들었던 게 기억나요― 당신이 속삭였어요. 산책 나가자. 그리고 덧붙였죠. 청바지 입어야 돼! 나는 뭐라고 말하고 싶었지만, 당신에게 무슨 계획이 있다는 걸 알아차리곤 그만뒀죠. 당신의 미소가 그렇게 말하고 있었어요.

우리는 커피를 끓여서 천천히 마셨어요. 그런 다음 주민들이 마차나 소형 트럭을 타고 시장으로 가는 번잡한 길을 따라 마을 북쪽을 향해 걸었죠. 외곽에 학교가 하나 있었는데, 아마 오전 휴식 시간이었던 것 같아요. 운동장에 아이들이 수백 명이나 몰려나와 있었거든요. 그때 어디선가 공 하나가, 아마 아이들이 하늘로 뻥 차 올린 걸 텐데, 길에 떨어져 우리 쪽으로 굴러 왔고, 당신은 몇 걸음 달려가 그 공을 잡았어요. 우린 서로를 바라보며 미소를 지었죠. 아이들이 부는 휘파람 소리가 들리고, 그 중 한 명이 우리를 향해 팔을 휘저었어요. 당신은 공을 몇 번 튀기다가 지나가는 자동차들 너머로 힘껏 차 올렸고, 그렇게 아이들에게 돌려줬죠. 아이들은 다시 환호하며 팔을 흔들었어요. 그러고는 자기들끼리 노는 대신 공을, 제대로 겨냥한 다음, 다시 당신에게 찼죠. 당신은 처음처럼 능숙하게 공을 잡은 다음 웃으며 나에게 던져줬어요. 아이들은 더 크게 환호했죠. "골! 골!"이라고 소리쳤어요.

양손으로 공을 쥔 채 길을 건너갔어요. 건너편 풀밭에선 줄에 묶인 염소 두 마리가 풀을 뜯고 있었죠. 잠시 멈춰서 아이들을 바라보며 다음에 벌어질 상황을 기다렸어요. 아이들은 더 크게 환호했어요. 아이 두 명이 다른 아이 한 명을 내 쪽으로 밀었고, 내 앞에 온 아이는 일부러 무릎을 꿇고 —다른 아이들이 크게 웃었어요— 공을 향해 두 손을 내밀었어요. 파란색과 흰색이 섞인 공은 아주 지저분했죠.

내가 돌아왔을 때, 당신은 내 두 손을 잡고 박수를 쳤어요.

일 킬로미터쯤 더 걸은 후에 우리는 비행장에 도착했어요. 격납고가 두 개 있었고 풀밭에는 프로펠러 비행기가 세 대 있었죠. 축구장 두 개만한 길이의 포장된 활주로도 보였어요. 그제서야 나는 당신의 계획이 뭔지 알았죠. 우리는 비행기를 탈 거였어요!

제가 기억하는 대로 이야기할게요. 당신 기억과 똑같진 않겠죠. 당신은 비행사니까. 나한테는 모든 게 처음이었어요. 마치 신혼여행처럼요.

우리는 사무실에 들어가 당신 친구와 이야기했어요. 차도 마셨죠. 몇 년 전에 당신과 당신 친구는 함께 비행을 했다죠. 가끔은 그 때가 그리워, 당신이 친구에게 말했어요.

그런 다음 당신은 나를 돌아보며 말했죠. 주머니에 든 거 다 꺼내 놔, 아무것도 떨어뜨리면 안 되니까. 빗과 열쇠 꾸러미, 한없이 무언가를 기다릴 때 둘이서 가지고 놀던 주사위까지 당신에게 건넸어요.

그들이 다음번에 당신을 독방으로 집어넣기 전에, 물건들을 모두 압수하면, 자신에게 이야기해 주세요, 나의 엎드린 사자, 우리가 CAP 10B*를 타고 날았던 이야기 말이에요. 그 이야기를 하는 내 목소리를 생각하세요. 그럼 우리의 두 기억이 하나가 될 거예요.

당신이 내게 낙하산을 메어 주었어요. 당신이 사랑하는 사람을 위해 낙하산 줄의 길이를 맞춰 주고, 말아서 접은 다음 버클을 채워 주는 그 일은, 이상하게도, 사랑하는 사람이 입고 있는 옷의 단추를 풀고, 지퍼를 내리고, 옷을 벗기는 일과 그리 다르지 않았어요. 있는 그대로의 사실에 직면하기 전에 어떤 집중력을 요구한다는 점에서 말이에요.

가슴 주변은 너무 단단하게 묶으면 안 돼, 당신이 말했어요. 가슴을 움직여야 하니까, 하지만 다리 사이는 꼭 묶어야 하지. 나는 항공용 바지를 입느라 좀 애를 먹었어요.

낙하선 펴는 게 세상에서 제일 쉬워, 하지만 항공기에서 충분히 멀어질 때까지 기다려야 하는 거야!

항공기라는 단어가 마치 비행 교관의 말처럼 들렸기 때문에 웃음

* 프랑스에서 제조한 기초감각 훈련용 비행기.

이 났어요, 그리고 갑자기 —전에는 그런 적이 없었는데— 당신이 어린 학생처럼 보였어요!

오른손으로 왼쪽 어깨에 달린 고리를 당기는 거야, 대각선으로 당기면 낙하산이 펴지는 거지. 아마 쓸 일은 없겠지만, 그래도 등에 그렇게 메고 있으면서 사용법도 모른다는 건 바보 같으니까.

사용법이라는 단어도 항공기와 같은 느낌이었어요. 당신은 뭔가를 열심히 적고 있었죠. 걱정 말아요, 내가 장난스럽게 말했어요, 먼저 내려와서 기다리고 있을 테니까!

당신도 낙하산을 멘 다음 우리는 함께 풀밭을 가로질러 격납고로 향했어요. 그 안에 CAP 10B가 있었죠. 밀어서 꺼내야 해, 당신이 그렇게 말하고 우리는 함께 비행기를 밀었어요. 작은 비행기일 거라고 짐작은 했지만 얼마나 가벼운지는 모르고 있었죠. 아파치 헬기는 몇 톤이나 되잖아요. 그런데 CAP는, 내 생각엔, 우리가 메고 있던 두 낙하산을 합친 것의 서른다섯 배 정도 무게밖에 안 되는 것 같았어요. 놀랄 만큼 가벼운 그 무게와 당신의 학생 때 모습을 본 것만 같은 생각 때문에 나는 갑자기 장난이 치고 싶어졌어요. 다른 건 아무것도 중요하지 않았죠.

여기 날개를 밟고 올라가, 나의 천사, 계단이 아니라 여기 날개 이 자리에 양발로 올라서면 돼. 그런 다음에 앞 유리 위에 있는 핸들을 잡고 조종석으로 들어가는 거야. 끄트머리에 걸터앉는 게 아니라 엉덩이를 깊이 넣고 앉아야 돼. 나도 금방 올라갈게. 당신은 긴 막대를 들고 연료를 확인하러 갔어요. 그런 다음 비행기 앞머리 아래로 사라졌는데, 나는 밑에 있는 착륙장치의 바퀴를 확인하는 거라고 생각했어요. 당신은 양쪽 날개 끝도 살폈어요, 플랩을 올렸다 내렸다 할 때마다 조종석에 있는 빗자루 같은 막대 두 개가 왼쪽, 오른쪽, 왼쪽, 오른쪽으로 움직였죠.

당신은 모든 일을 아주 천천히 했어요. 그런 당신을 지켜보며, 나는 먼 여정을 떠나기 위해 말에 오르기 전에 말의 네 발을 일일이 들어보며 고창증(鼓脹症)에 걸리지 않았는지 확인하는 마부의 모습을 떠올렸어요. 하지만 당신은 내가 있다는 걸 알고 있었죠, 아무것도 모르는 나는 깊은 숲속에서 나온 사람 같았어요! 당신이 갑자기 날 놀라게 했어요. 당신은 CAP의 몸체를 두드리더니 거기에 흠집을 냈어요, 손톱으로, 마치 덧칠을 벗겨내는 것 같았죠!

당신은 내 옆자리로 올라와 우리가 멘 장비를 다시 한번 단단히 조였어요. 그런 다음, 그 비행기가 생도들의 교육을 위해 양쪽에서 조종이 가능하게 만든 비행기라고 설명해 줬어요. 생도들이 항상 왼쪽에 앉는 거라고, 당신은 말했죠. 내가 왼쪽에 앉아 있었어요. CAP의 조종실은, 내 사랑, 감방보다 작았어요.

당신은 헤드폰을 끼고 무선통신을 확인했어요. 당신의 목소리를 들었죠. 그건 더 이상 내 옆에 앉은 당신에게서 전해져 오는 소리가 아니었어요. 나는 그 소리를 내 머릿속에서 들었어요. 아무 말이나 해 봐, 당신이 말했어요. 확인하려는 거니까, 아무 말이나! 당신이 그렇게 공을 잘 차는 줄 몰랐어요! 운이 좋았던 거야, 당신이 내 머릿속에서 말했죠.

당신은 손을 뻗어 머리 위의 유리 덮개를 당겼어요. 덮개는 소리를 내며 닫혔죠. 여자를 말에 태워 납치하는 내용의 노래들이 얼마나 될까요. 하지만 당신과 내가 했던 그 비행 같은 건 없었어요. 당신은 내게 계기판을 설명해 줬죠. 분당 회전수, 시간당 비행거리, 고도계, 선회 경사계, 그리고 나침반.

전방에 아무도 없습니까? 그건 의례적인 질문이었죠. 헤드폰을 끼고 풀밭에 서 있던 남자가 엄지손가락을 치켜들며 신호를 보냈어요. 당신은 뒤뚱거리는 거위처럼 양발로 방향타를 확인한 후에 시동을 걸었어요.

엔진 소리가 조종실을 가득 채웠는데, 떨림이 있었다는 것만 제외하면 바다 소리와 비슷했어요.

나는 당신에게 꼭 매달렸어요. 당신 팔에 매달렸다는 뜻이 아니에요. 우리 둘 다 말없이 각자의 자리에 꼭 붙어 앉아 있었죠. 나는 당신의 계획에, 당신의 정확한 계획에 매달렸어요. 비행에 대해 전혀 모르는 나로서는 그 계획이 어떤 것인지 알 수 없었지만, 당신이 무엇을 계획하든 그 방법은 내게 아주 친숙했고, 그건 당신에 대한 나의 사랑과 뗄 수 없는 것이니까요.

활주로 끝까지 달렸어요. 천이백 아르피엠, 이천 아르피엠. 당신은 왼손에 쥐고 있던 조종간을 놓고 내 오른쪽 무릎을 잡아주고는 다시 조종간을 잡고 오른손으로 조절판을 눌렀죠. 당신 소매 끝이 올라가면서 손목에 있는 상처가 보였고, 활주로가 미끄러지듯 우리 밑에서, 아주 천천히 속도를 높이는 것처럼 보였어요.

나는 땅에서 벗어났다는 느낌이 들지 않았어요. 당신은 느꼈겠죠. 어느 순간 활주로가 느슨해지는 것 같더니 우리는 이미 지면을 벗어나 있었어요. 땅에서 이 미터나 오 미터 정도 떠 있는 것 같았는데, 정확한 높이는 가늠할 수 없었어요. 나는 그저 우리가 자유롭다는 것과, 당신이 플랩 상태를 확인하는 방법을 알려 줄 때 보조날개가 여전히 나와 있었다는 것만 알았어요.

비행장을 벗어난 후 당신이 조종간을 조금 뒤로 당기며 가속기를 힘껏 누르자 CAP는 모든 것을 아래에 남겨둔 채 솟아올랐어요.

그건 몸이 떠오른다거나 뭔가에 끌려 올라가는 것과는 다른 느낌이에요, 그렇죠? 그건 자라는 느낌, 성장의 느낌이죠. 누군가 다른 사람에게 기억되고 망각에서 되살아날 때, 아마 우리가 느꼈던 것과 비슷한 느낌을 가질 거예요. 잠시 후 우리는 일정한 고도를 유지하며 날았죠.

이제 자기가 해 봐, 당신이 말했어요, 저기 고양이처럼 생긴 구름을 목표로 해. 알았어요. 저기, 엉덩이 부분을 목표로 해서 같은 고도를 유지하면 돼. 지금이 해발 천오백 피트네.

왼쪽 아래를 내려다봤어요. 집들, 소형 트럭들, 마을의 길과 모래언덕, 나무들까지 분명히 보였죠. 이름을 알고 있었더라면 하나하나 불러 줄 수 있을 것 같았어요. 나는 네이팜탄과 그들이 그 폭탄을 쏟아 붓는 고도를 생각했어요.

조금 오른쪽으로, 당신의 목소리가 내 머릿속에서 말했어요. 조종간을 움직이자 비행기는 내가 예상했던 것보다 훨씬 많이 기울었어요. 오른쪽 발을 움직여야지, 당신이 내 머릿속에서 말했어요, 웃으면서.

배우고 싶지 않아요, 그냥 다른 사람이 조종하는 비행기 타고 싶어. 대통령처럼요!

그래, 당신이 말했어요. 우리는 오백 피트를 더 올라갔죠. 사람들의 설득이 미치지 않는 곳, 우리만의 곳으로.

천천히 회전할 거야, 당신이 내 머릿속에서 말했어요. 방향을 바꾸지는 않고, 고도도 그대로 유지하면서 삼백육십 도 회전하는 거야, 나사처럼. 준비됐어?

나는 고개를 끄덕였어요. 얼마간은 그대로 비행했어요. 당신은 기다리고 있었던 거죠. 그렇게 기다리는 당신의 모습을 사랑해요, 특정한 순간을 선택하는 당신만의 방식을 사랑해요. 우리 비행기보다 한참 높은 곳에 제트기가 날고 있었어요. 동쪽으로 가고 있었는데, 그 비행기가 지나간 흔적이 파란 하늘에 반투명한 흰색 구름처럼 남아 있었죠. 그건 영원할 것처럼 보였던 우리 앞의 뭉게구름과는 다른 흰색이었어요.

내가 잘못 알고 있는 거라면 얘기해 줘요. 그날 함께 파즈 상공을 비행한 이후론 당신도 비행기를 조종할 기회가 없었죠? 적어도 내가 아는 한 최근에는 없었는데, 그 전에 혹시 있었나요? 그건 당신의 마지막 비행이었고, 나에겐 첫번째였어요.

기다리던 순간이 오자, 당신은 결정했어요. 나는 당신을 지켜봤죠. 당신은 조종간을 조금 앞으로 밀었다가 단단히 움켜쥐고 왼쪽으로 꺾었어요. 거의 순식간에, 사실 순식간이라고는 할 수 없겠죠—내가 입술에 침을 묻힐 시간은 있었으니까—, 비행기가 기울더니 내가 있는 쪽 날개가 배의 깃대처럼 수직으로 섰어요. 그 다음부턴 아무것도 분간할 수 없었죠. 하늘과 땅이 깃대에 걸린 깃발처럼 말렸다 풀리기를 반복했고, 시간이 사라져 버렸어요. 높이가 존재하지 않는 곳에선 시간도 멈추니까요, 그렇죠?

우리는 함께 돌았어요. 내가 알고 있었던 건 이게 전부예요. 우리는 조종실 안에 있었고 함께 돌고 있었다는 것.

얼마나 오랫동안 회전했을까요. 몇 초, 몇 분, 평생? 나는 모르겠더라고요.

CAP의 앞부분이 손가락 세 개 넓이 정도 낮은 위치에서 지평선과 다시 평행을 이뤘어요. 손가락 세 개 넓이는, 당신이 말했어요, 우리가 어느 정도 평행으로 날고 있다는 뜻이야. 당신을 쳐다봤죠, 당신은 웃고 있었어요. 손으로 당신의 무릎을 짚었어요. 그렇게 우리는 계속 비행했죠. 엔진 소리 말고는 아무것도 없었어요. 커다란 오토바이에 쓰는 엔진 정도의 힘밖에 없는 작은 엔진.

한 번 더? 내 머릿속의 당신 목소리였어요. 그래요, 내가 말했어요. 당신은 이번에는 비행기를 왼쪽으로 기울게 했고 내가 있는 쪽 날개는 점점 더 아래로 내려갔어요. 전보다 덜 놀라긴 했지만, 내 몸 안이 움직이는 게 느껴졌어요. 내 몸 안의 장기들이 회전하며 흔들리는 걸 느꼈죠. 그때 내 몸 안의 장기들은 해부학 책에 나오는 그런 것들, 각각 깔끔한 모양새에 정확한 이름—간, 심장, 자궁, 부신, 방광—을 가진 것들이 아니었어요. 그때 그것들은 실타래 풀리듯 풀리고, 뒤섞이고, 서로를 만지고 있었어요! 그것들 전부가 나였어요!

이번 회전에서는 단위들이 사라졌어요. 내 몸 안에서 기능하는 장기들이, 당신 옆에 앉아서, 오른쪽 아래로 보이는 숲과 언덕, 평원들만한 크기가 되었어요.

목적지에만 집중하고 있던 당신은 정확히 정면을 바라보고 있었죠. 똑바로. 당신은 내 몸 안에서도 비행하고 있었어요, 미 소플레테. 우리 사이에 그런 일이 딱 한 번 있었네요! 딱 한 번! 나중에 당신은 내가 울었다고 했죠. 어떻게 울었어요? 하늘을 나는 새처럼 울었어, 당신이 말했어요, 논종다리처럼.

다시 수평이 되었어요. 엔진 소리도 규칙적으로 들렸고, 비행기 앞부분이 지평선보다 손가락 세 개 넓이만큼 낮아졌어요. 바람의 세기가 달라질 때마다 CAP는 흔들렸죠. 태양이 우리들 오른쪽에 있었어요.

페르난도도 함께 있어, 당신이 말했어요, 구 년 전에 나에게 ULM* 조종법을 가르쳐 준 게 페르난도였지. 작년에 그들 손에 죽었는데, 지금 우리와 함께 있는 거야. 페르난도의 존경스러운 점은 사람들로 하여금 자신의 모습에 솔직해질 수 있게 하는 설득력이었지. 일단 사람들이 솔직해지고 나면 놀랄 만한 이점이 생기거든. 어떤 저항 운동에서든 그건 비교할 수 없는 전략적 이점이지. 우리 자신에게 거짓말을 하게 되면 결국 늘 같은 이야기밖에 할 수 없어. 페르난도는 그걸 알고 있었던 거야.

이천오백 아르피엠.

공중제비 해 볼까?

나는 고개를 끄덕였어요.

정상에서 엔진을 끌 거야, 걱정 마, 침묵을 들어 보려고 하는 거니까.

그렇게 우리는 공중제비를 했고, 나중에 두 번을 더 했죠.

당신이 오른손으로 가속기를 끝까지 눌렀어요. 그리고 마치 싸움을 걸듯 조종간을 앞으로 당겼죠. 우리는 하늘로 치솟았고, 나는 당신이 수직상승을 하려 한다는 걸 알았어요. 어디에도 땅이 보이지 않았어요. 땅은 우리 뒤에 있었죠.

우리의 몸이 등에 메고 있던 낙하산을 무겁게 눌렀어요, 마치 운명처럼 압도적이던 그 무게를 가능한 한 오래 유지하는 게 당신의 일이었죠. 잠시 후 엔진 소리가 바뀌고, 얇은 지붕에 부딪히는 바람 소리가 점점 더 작아졌어요.

나는 고개를 들고 뒤쪽을 살폈어요, 그리고 거기, 머리 뒤로 지평선이 보였어요.

지평선은 망토의 깃처럼 우리 둘의 머리 위로 다가왔어요, 천천히 우리를 향해 내려왔죠. 부드럽게, 일정한 속도로 내려오다, 우리

* 초경량 비행기의 기종.

눈앞에서 멈췄어요. CAP 비행기 앞부분보다 손가락 세 개 정도의 넓이만큼 낮은 곳에서 말이에요.

이미 나에게는 시간이 멈춰 있었지만, 당신에겐 아니었어요. 당신은 때를 기다리며 상황을 살피고 있었고, 엔진은 이미 꺼 둔 상태였죠. 이어진 침묵 속에선 땅이 우리 위에 있었고, 하늘은 아래에 있었어요.

그때 우리 둘은 세상 그 무엇보다 가벼웠어요. 내 몸, 아무 무게도 없는 그 몸은 피부에서 끝나는 게 아니었어요. 내 몸은 침묵을 가로질러 나의 시선이 미치는 그 먼 곳에 있는 모든 것에 이어져 있었어요.

침묵은, 내 몸처럼, 거리로 채워져 있었고, 당신이 우리가 그리고 있던 보이지 않는 원 아래의 하늘을 계산하며 뒤따라 나아가는 동안, 그 거리는 친밀하고 가까운 무엇이 되었죠.

CAP가 떨어질 때 그 거리가 날 부드럽게 잡아 주었어요. 비행기가 속도를 내며, 엔진이 돌아가고, 땅을 향해 아래로 아래로 내려갔죠. 땅은 앞 유리 전체를 덮은 커튼처럼 보였어요.

몇 년 후, 그들의 추적을 피해 매일 밤 잠자리를 바꿔 가며 지낼 때 당신이 말했죠. 공중제비에서 가장 큰 유혹을 느끼는 순간이 마지막 구십 도를 돌 때라고, 그때 조종사는 다시 삶을 선택하고 평행을 유지하는 거라고.

하지만 그 선택은, 미 소플레테, 이미 거기에 있었어요. 당신과 함께 비행했던 그 침묵의 거리와 친밀함 속에 이미 예견되어 있었다고요.

세 번의 공중제비를 하는 동안, 한 번씩 돌 때마다 우린 그 무한함을 조금씩 더 되살렸어요.

이 평방미터 넓이의 골방에서 지금 당신에게 이야기해요.

지난 목요일 안드레아가 초저녁에 릴리를 봐 줄 수 있겠느냐고 부탁했어요. 그녀는 서류에 확인 도장을 받으러 식량 보급소에 가봐야 했거든요. 릴리는 네 살인데, 당신은 사진으로밖에 보지 못했을 거예요. 곱슬머리를 아무렇게나 헝클어뜨리고 다니고, 아무것도 하지 않을 땐 항상 웃는 아이예요. 그 아이가 남자들을 더 좋아한다는 건 우리 둘 다 알고 있지만, 나랑은 비교적 잘 지내는 편이죠.

아이와 함께 시장을 질러갔어요. 강 쪽으로 난 언덕에 주말 동안 이동식 놀이터가 차려졌거든요. 범퍼카, 회전목마, 볼링장, 죽마, 스키틀 판*, 그네가 있었어요. 릴리는 즉시 자신이 원하는 걸 찾아냈죠. 삼백육십 도로 회전하는 의자가 달린 그네죠. 기계가 빨리 돌수록 그네도 더 높이 올라가는 거였어요. 아이는 혼자는 타지 않으려 했어요. 내가 함께 타기를 바랐죠.

나무로 된 의자에 앉아 안전벨트로 몸을 그네에 단단히 묶은 다음, 내 무릎에 앉은 릴리에게도 똑같이 해줬어요. 음악이 흐르고 우리는 아주 천천히 돌기 시작했죠. 다른 그네엔 모두 아이들밖에 없었어요. 어른은 나 하나뿐이었네요.

회전목마 한가운데에 있는 조종실에서 기계를 작동시키는 사람이, 가장 크게 비명을 지르는 사람은 공짜로 한 번 더 태워 줍니다!, 라고 말했어요.

속도를 더해 갈수록, 몸이 의자에서 조금씩 흔들렸고 우리는 다리를 중심축 삼아 몸의 방향을 바꿔 가며 그때그때 적응해야 했죠. 음악이 빨라지고, 거기에 맞춰 우리의 움직임도 빨라졌어요. 돌고

* 나무 원반이나 공을 던지거나 굴려 아홉 개의 핀을 넘어뜨리는 놀이.

돌고 돌고. 릴리는 날아가는 새처럼 소리를 질렀어요.

마침내 기계가 속도를 늦추고 발이 땅에 닿은 내가 안전벨트를 풀려고 할 때, 조종석에 있던 사람은 릴리가 공짜로 한 번 더 탈 수 있다고 했어요. 아이는 제 몸을 양팔로 감싸며 말했죠. 이번에는 혼자 탈래!

안전벨트를 묶어 주고 난 옆으로 물러섰어요. 그네가 가장 높이 올라가고, 음악이 가장 커지고, 릴리가 소리를 지를 때, 당신에게 이 편지를 써야겠다고 마음먹었어요. 나의 파일럿, CAP 10B에 대해서 말이에요.

당신의 아이다

용접공이 용접공에게.

제삼세계에 있는 백만 명의 노동자들. 제일세계의 대형 항공모함이나 여객선을 해체하는 일을 한다. 일단 배가 작업장에 들어오면, 나무와 절연재는 모두 제거된 상태인데, 용접공들이 아세틸렌으로 선체를 절단한다. 석유나 휘발유가 남아 있는 자리에 불꽃이 튀면 폭발이 일어날 수도 있다. 그들은 아무런 보호장비도 갖추지 않고 일한다. 토사 해안에서만 하루에 이십에서 삼십 건의 사고가 발생한다. 용접공들의 일당은 일 달러다.

새벽 세시에 잠이 깼어요. 빛은, 어디에 떨어지든 상관없이, 회색 재처럼 보였어요. 자리에서 일어나 옷을 입고, 나 자신도 이유를 모른 채, 거리로 나갔죠. 가로등도 꺼져 있었어요. 습관적으로 약국이 있는 쪽으로 발걸음을 옮겼죠. 가던 길에 여우를 한 마리 발견하고는 베드를 떠올렸어요. 밤은 더 친절하다고, 그가 말했었죠. 오늘은 아니야, 라고 나는 속으로 생각했어요. 오늘 밤에는 모든 것이 쓰레기처럼 보인다고.

더 빨리 걸으며, 내 발소리와 그 발소리를 덮을 준비를 하고 있는 침묵을 들었어요. 그리고 생각했죠. 여자는 남자의 일에 마음 아파할 수 있고, 그를 위로할 수도 있지만, 그 위로는 오래 가지 않는다고 말이에요. 또 남자들에 대해, 서로를 승자로 —일부러 아주 작은 승리를 만들어내기도 하죠— 대하는 남자들만의 태도에 대해 생각했어요. 하지만 그들이 서로에게 부여하는 그 승자의 칭호는 우리 여성들이 주는 짧은 위로보다 더 짧게 지속될 뿐이에요.

그때 기차가 다가오는 소리를 들었는데, 정작 주변에 기찻길이 없다는 것을 알고는 두려워졌어요. 한 칸 한 칸 지나가는 기차 소리. 나는 눈을 감았어요. 여객 기차가 아니라 화물 기차였고, 우리 같은 사람들이 화차 지붕에 많이 매달려 있었어요.

눈을 감고 생각했어요. 지속되는 것은, 무슨 일이 있어도 사랑을 할 때만은 승자의 모습으로 다가오는 남자를 알아보는 여자들과,

함께 겪었던 패배 덕분에 서로를 명예롭게 생각하는 남자들이죠. 그게 오래 지속되는 거예요.

지나가는 기차의 기적 소리, 그 기적 소리를 들으니 토라에 계신 우리 할아버지가 생각났어요. 할아버지는 밤에 여객 기차를 청소하며 지냈는데, 측선에 세워진 차량에서 주무시는 걸 좋아하셨죠. 거기선 엔진도 잠을 잔단다!, 내가 다섯 살 때 할아버지께서 얘기해 주셨어요.

당신의 아이다

미 소플레테,

집 앞 공터의 북서쪽 모퉁이, 폐타이어들이 쌓여 있는 곳에 장미 덤불이 있어요. 유칼립투스 근처요. 장미 덤불에서 오 미터 정도 길이의 넝쿨이 뻗어 나왔는데, 꽃을 피우는 데 필요한 햇빛을 받기 위해 유칼립투스의 가지를 타고 올라갔죠. 무려 오 미터예요! 가시가 백삼십 개나 되더라고요! 내가 다 세 봤어요. 덩굴손을 헤집어 가면서 그걸 다 셌죠. 장미 가시 몇 개가 팔을 찔렀어요. 왜 그걸 세 보고 싶었던 건지 나도 모르겠어요. 아마 장미의 결심을 당신에게 말해 주고 싶어서였겠죠. 백삼십 개의 가시를.

당신과 나는 두 세대 사이에 끼어 있어요. 첫번째 세대는 우리와 가까웠던 사람들, 죽었거나 살해당한 사람들로 이루어진 세대죠. 대부분이 지금 우리 나이보다 젊어요. 그들은 양팔을 활짝 벌리고 우리를 기다리고 있죠.

두번째 세대는 젊은이들이에요. 그들에겐 우리가 본보기가 되겠죠. 우리가 선택한 삶이 그들에게 자극이 될 거예요. 그들은 양팔을 활짝 벌리고 우리에게 더 멀리 나아가라고 일러 줘요….

우리는 그 두 세대 사이에 끼어 있어요. 만약, 미 구아포, 우리가 어느 한쪽의 품안에 안길 수만 있다면 얼마나 좋을까요.

전에도 이런 적이 있었나요? 아니면 해 보고 싶었지만 아직 실제로 해본 적은 없었던가요? 어쨌든, 편지지 위에 손바닥을 놓고 그

윤곽선을 그려서 당신에게 보여주고 싶었어요. 그런 생각이 들고 —그게 언제였든 상관없어요— 얼마 후, 손 그리는 법을 설명한 책을 발견하고 한 페이지 한 페이지 살펴봤어요. 그리고 사기로 결정했죠. 마치 우리가 살아온 이야기 같았어요. 모든 이야기는 또한 손의 이야기니까. 집어 들기, 균형 잡기, 가리키기, 합치기, 주무르기, 헤쳐 나가기, 쓰다듬기, 자는 동안 내려놓기, 자르기, 먹기, 닦기, 연주하기, 긁기, 쥐기, 벗기기, 짜기, 방아쇠 당기기, 접기. 책의 각 페이지마다 서로 다른 행위를 하고 있는 손 그림이 정교하게 그려져 있어요. 여기 하나 보여줄게요.

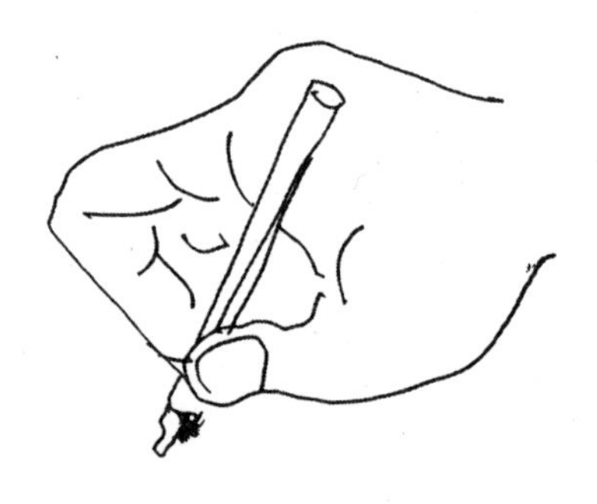

당신에게 편지를 쓰고 있어요.

지금 당신을 만져 보고 싶어하는 내 손을 내려다보고 있어요. 너무 오래 당신을 만져 보지 못해 이젠 쓸모없이 되어 버린 손처럼 보이네요.

당신의 아이다

IMF, WB, GATT, WTO, NAFTA, FTAA, 이런 약어들이 언어에 재갈을 물리고,
그들이 하는 일은 세상을 숨막히게 한다.

야 누르,

엄지손가락이 좀 나아졌냐고 계속 물어봤잖아요? 왜 이야기를 해주지 않는 거예요?

중국에 가면 은행나무라는 나무가 있어요. 나무들 중에서 가장 오래된 종에 속한다고 하네요. 중국 사람들은 그 나무를 백 개의 방패를 가진 나무라고 부른다고 해요. 당신이 그 백 개의 방패를 모두 가질 수 있었으면 좋겠어요. 의학적으로는 혈액 순환—특히 다리의—에 도움이 되죠. 은행나무. 이 단어를 읽는 당신의 목소리가 들려요. 당신의 그 저음이.

당신은 편지에서 —마지막 편지가 일주일 전에 왔어요— 그들이 한 여자 죄수의 머리를 박박 깎아 버렸다고 했죠. 그 여자 기분이 어땠을지 알아요. 손발이 사슬에 묶여 있는 것과 같죠. 사슬에서 빠져나오는 법을 배우기 전까지 말이에요. 일주일 정도 걸리죠. 하지만 머리를 깎은 그 손에 대한 증오는 시간이 지나도 사라지지 않아요.

지금 새벽 세신데 아마 당신도 잠들지 못하고 있겠죠.

의자 하나가 부서졌어요, 다리가 벌어지고 쿠션은 늘어졌죠. 다리 사이의 버팀목이 구멍에 고정되지가 않네요.

에두아르도가 그 의자에 앉아서 문맹자들을 어떻게 교육할지에 대해서 장황하게 설교하던 중이었는데, 갑자기 의자가 부서지면서 그대로 엉덩방아를 찧었어요! 우리는 웃으며 부서진 의자 조각을 집어서 한쪽 구석으로 치웠죠.

그리고 오늘 아침에, 오늘은 약국에 안 나가는 날이었거든요, 그 의자를 고쳐야겠다고 마음먹었어요. 접착제는 벌써 사 두었죠. 민들레 줄기의 진액처럼 끈적거리는 흰색 접착제예요. 부서진 의자를 뒤집어서 앞에 놓고 다른 의자에 앉았죠. 망치와 드라이버, 헝겊 조각도 준비했어요. 헝겊 조각은 올가가 입던 패딩 코트의 소매 부분을 뜯은 거였어요. 어떻게 해야 할지는 분명했죠. 일단 뺄 수 있는 조각은 다 분해했어요. 구멍에서 빠지지 않는 부분은 그냥 둬도 될 만큼 튼튼하다고 생각했죠. 그런 다음 모든 구멍은 물론 다리와 버팀목 끝에까지 접착제를 발랐어요. 조각들을 다시 제 위치에 맞추고, 끝을 다듬고 구멍에 끼운 다음 다리부터 망치질을 했죠. 접착제를 바른 나무가 망치질에 상하지 않게 누더기로 쌌어요. 모든 조각들이 제대로, 완벽하게 자리잡았어요. 나는 의자를 다시 똑바로 세우고 바라보았죠. 그때 이상한 일이 생겼어요. 내가 울기 시작한 거예요. 얼마나 울었는지 눈앞에 아무것도 보이지 않을 정도였죠.

시간이 얼마나 지났을까, 나는 손에 묻은 접착제를 씻어내고 세수를 했어요.

다시 돌아왔을 때에도 의자는 똑바로 놓여 있었어요. 모든 것이 제대로 붙어 있고, 이제 구멍에서 흘러내린 접착제를 올가의 코트 소매로 닦아내기만 하면 되는 상황이었죠. 그것까지 닦아내고, 나사 세 개를 조인 다음 의자를 창가에 두었어요.(우리가 함께 지붕 위의 고양이들을 내다보던 그 창문이요) 접착제가 완전히 마를 때까지 이틀을 기다렸다가, 나 자신에게 물어보았죠.

왜 눈물이 났던 걸까. 의자를 고치는 건 이렇게 쉬운데 나머지 일들은 너무 어려워서? 아니면 이젠 의자 고치는 일 같은 걸 당신에게 부탁할 수 없다는 걸 깨달았기 때문에? 당신에게!

우리를 두렵게 하는 건 작은 일이에요. 우리를 죽일 수도 있는 거대한 일은, 오히려 우리를 용감하게 만들어 주죠.

당신의

아이다

오늘 밤엔 환승역 근처에 갔다가 젊었을 때 다니곤 했던 카페 앞을 지났어요. 순간적인 충동으로 안으로 들어갔죠. 카페 안에는 음악이 흘렀어요. 아코디언이었죠. 카페에서 연주하는 소리가 아니라 계단으로 이어진 아래층에서 올라오는 거였어요.

아코디언 연주자가 들보에 거의 닿을 듯 서 있고, 가운데에 있는 탁자 주위에 몇몇 사람들이 앉아 있는데, 한 쌍의 연인이 막 춤을 추려던 참이었어요. 어쩌면 세번째 혹은 다섯번째로 계속 춤추려던 건지도 모르죠. 여자는 열일곱 살도 안 돼 보였어요.

그녀는 혼자 앞으로 나와 팔을 몸에서 살짝 뗀 채 기다리고 있었어요. 멍한 얼굴로 그저 그녀를 지켜보고만 있는 파트너를 기다리는 게 아니었어요. 연주를 시작한 아코디언 주자나 다른 커플들이 동참하기를 기다리는 것도 아니었죠. 그녀는 자기 안에 있는 힘이 자신을 휩쓸어 가기를 기다리고 있었어요. 그 힘이 나타나기를 기다리고 있었던 거죠. 차분하게, 그녀의 뒤꿈치가 살짝 바닥에서 떨어지고, 그녀의 얼굴이 피어나고, 마치 비가 오는지 확인할 때처럼 손바닥을 위로 한 채 손목이 움직였어요. 맨 처음 빗방울이 떨어지면 그녀가 움직이기 시작하는 거예요.

마침내 빗방울이 떨어졌죠! 그녀는 원을 두 번 그리며 움직이는 동안 스텝을 스무 번도 넘게 밟았고, 그녀의 파트너도, 가죽 재킷과 청바지 차림의 그 남자도, 함께했어요.

그녀는 마치 염색약처럼 지워지지가 않아요. 하지만 그 색은 그녀의 색이라기보다는 무언가를 원하는 그녀의 마음이 가진 색이었죠. 나이의 문제라고요? 그렇기도 하고 아니기도 해요. 모든 색은 시간이 지나면 희미해지지만, 나의 색도 여전히 그녀의 색만큼 눈부시게 빛나고 있었으면 해요.

내가 머리를 만질 때 보는 거울 앞에 있는 의자 있잖아요. 적어도 오십 년은 더 된 데다가, 자수가 놓인 의자의 천은 해지고 색도 바랬죠. 한때 화려하게 수놓여 있던 화환과 과일 무늬도 무슨 얼룩처럼 흔적만 남았을 뿐, 형형색색의 명주실은 모두 닳아서 없어지고 말았어요. 그 의자에 천을 다시 대기로 마음먹고 벼룩시장 뒤에 있는 프렘의 작업실로 가져갔어요.

이 의자에 천을 대 주실 수 있을까요?

안락의자나 소파만 취급해서요.

등받이 없는 작은 의잔데, 가져왔거든요.

그런 의자는 안장 만드는 사람한테 가져가 보는 게 나을걸요.

그가 웃음을 터뜨렸어요. 당신을 위해서라면 피아노에라도 천을 다시 대 드려야죠! 색안경 —그는 트라코마*로 힘들어 하고 있어요— 뒤에서 그의 젊은 눈이 웃고 있었어요. 천을 다시 대는 일은 손이 참 많이 가는 작업이죠.

완성된 의자를 찾으러 갔을 때도 그는 여전히 웃고 있었어요. 깜짝 선물이 있어요, 그가 말했죠. 그러고는 뜯어낸 낡은 의자 천을 들어 보였어요. 그리고 눈 깜짝할 사이에, 그 천을 뒤집으니 뒤쪽에 잔뜩 헝클어진 명주실 뭉치가 눈부시게 빛나고 있는 거예요. 마치

* 접촉성 결막염. 만성기에는 각막이 흐려지고 시력이 떨어짐.

어제 염색한 것처럼 선명한 색이었어요. 자주색, 오렌지색, 석류색, 주홍색, 레몬색, 피스타치오색, 먹색, 상아색.

햇빛을 안 받았기 때문에 색이 그대로 남아 있었던 겁니다, 그가 설명했어요. 엉덩이와 쿠션 사이에 끼어 있었을 테니까. 간직하고 싶어하실 것 같아서요.

명주실 매듭이 마치 작은 혈소구(血小球)처럼 보였어요. 빨간색, 흰색, 구리색, 황옥색. 자수가 놓인 자리마다 짧은 실이 몸에 난 털처럼 누워 있었는데, 손등으로 천을 문지르자 그 털들이 일어났죠.

그런 강렬한 색에는 출산의 비밀이 담겨 있어요. 색은 욕망을 불러일으키기 위해 존재하죠. 여자들이 자수를 놓는 이유도 그런 게 아닐까요. 여자들은 폭발물을 설치하기 전에도 자수를 놓잖아요. 둘 다 대단한 인내심을 필요로 하는 일이죠.

어쩌면 이런 이유 때문에, 아코디언에 맞춰 춤추는 소녀를 봤을 때 염색 생각이 난 걸 거예요.

젊은이들은 현재 자신들이 아는 걸 그 누구보다 생생하고, 강렬하고, 정확하게 알아요. 그들은 자신들이 아는 부분에서는 전문가예요. 나머지 부분은 우리가 보여줘야 하는 거겠죠. 어쩌면 항상 그런 식이었을 거예요. 그리고 지금 현재 우리가 그들에게 보여줄 수 있는 건, 승리는 환상에 불과하다는 것, 투쟁에는 끝이 없으며, 그러한 사실을 알고도 투쟁을 계속해 나가는 것만이, 삶이 우리에게 준 커다란 선물을 알아보는 유일한 방법이라는 거겠죠!

그들이 당신을 잡아가기 전에는 미래에 대해서 거의 생각하지 않았어요. 부모님 세대는 우리가 미래를 위해 싸운다고 하셨겠죠. 우린 아니에요. 우리는 우리 자신으로 남기 위해 싸우는 거예요.

그들이 당신을 잡아간 다음부터, 미래는 항상 나와 함께 있어요.

당신을 기다리고 있으니까요. 아직 태어나지 않은 아이들의 삶을 상상해 봐요. 그들을 생각하는 게 내 머린지 아니면 자궁인지 모르겠어요. 어쩌면 가슴일 수도 있겠죠.

꼭 우리 아이들일 필요는 없을 거예요. 제가 당신 아이를 가지게 될지 누가 알겠어요? 당신이 있는 감방의 콘크리트 바닥과 낡은 철문 사이로 내가 들어갈 수 있을지도 모르잖아요. 그러면 내 속옷 안에서 훗날 시간을 폭발시킬 힘이 맨 처음 자리를 잡게 될 거예요.

우리가 죽음을 맞이하기 직전에, 어쩌면 시간이 거꾸로 흐를지도 몰라요, 미 구아포. 어쩌면 그 순간엔 지나온 날을 돌아보는 것만으로도 미래의 약속들을 얻을 수 있을 거예요. 미래가 황폐하다면 대신 과거가 풍요로워지는 거죠! 해진 자수를 뒤집으면, 맨 처음 염색할 때의 색을 그대로 지니고 있는 명주실 뭉치를 보게 되는 것처럼요.

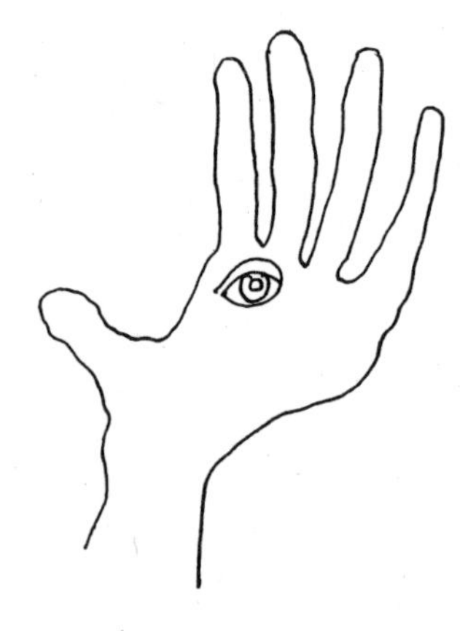

자메이카 산 커피를 네 봉지 보내요. 그들이 세 봉지 갖고 당신이 한 봉지 갖겠죠.

A

두번째 편지 뭉치

편지 뭉치를 묶은, 면으로 된 천 조각에는 다음과 같은 말이, 잉크가 천에 빨려 들면서 글씨가 조금 뭉개지기는 했지만, 적혀 있었다.

우리는 희망을 갖는 것이 아니다—우리는 그것을 지켜 준다.

미 구아포,

밤의 마지막 어둠이 남아 있어요. 나는 아직 잠들지 못했네요. 미래에 대해 생각하고 있어요. 어디에나 있는 그런 미래가 아니에요. 우리가 함께 있는 미래도 아니죠. 그들이 막으려 하는 여기의 미래에 대해 생각하고 있어요. 그들은 성공할 수 없어요. 미래, 그들이 두려워하는 그 미래는 올 거예요. 그리고 그 안에, 그때 우리에게 남아 있을 것 안에, 우리가 어둠 속에서 지켰던 확신이 있어요.

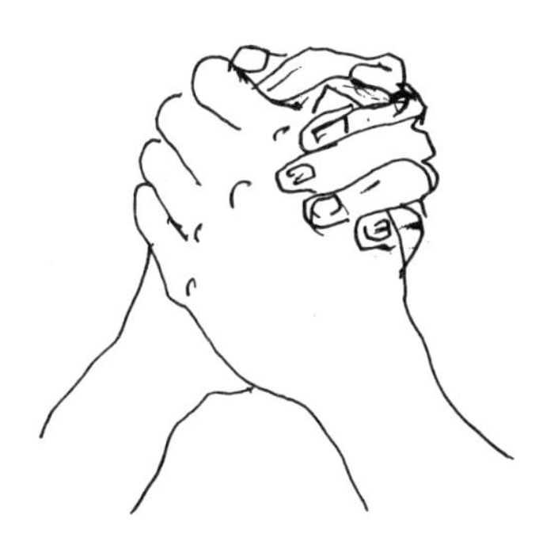

당신의 아이다

야 누르,

당신이 가장 사랑스런 외교관이라고 부르던 니닌하 기억나요? 그녀가 일주일 전에 찾아왔어요. 동그란 얼굴과 작은 발, 앉아 있든 서 있든 항상 발코니에서 세상을 내려다보는 듯한 그녀만의 분위기는 그대로였죠. 그 동안 캐나다에서 지냈다며 단풍 시럽을 줬어요. 한참 만에 보는 거였지만, 그녀는 여전히 대단한 이야기꾼이더군요. 그녀가 모스크바에서 만났던 무기상 이야기를 해줬어요.

어떤 무기요?

그녀는 어깨를 으쓱거리며, 그 사람이 자신에게 라트비아에 함께 가자고 했다고 말했어요.

왜 라트비아였죠? 거기서 사업을 하는 사람이었나요?

발트 해를 보려고요.

그 사람은 당신에게 뭘 원했나요?

제가 유명인 흉내 내는 걸 좋아했어요.

그러니까 당신이 그를 즐겁게 해준 거군요.

꼭 그렇지는 않아요, 그는 너무 예민해져 있었고, 게다가 러시아어 외에 할 수 있는 언어라고는 영어밖에 없었거든요.

당신도 영어 잘하잖아요.

아니에요, 아이다. 다 잊어버렸어요. 오래전에 부에노스아이레스에 있을 때는 저도 영어를 잘했죠. 그래도 리가에 있는 그의 친구들을 웃겨 주었고, 그는 나더러 한 번만 더 해 달라고 간청했어요.

거기 오래 머무르셨어요?

그기 암살당할 때까지요.

암살이라니!

수영장에서 그를 기다리고 있는데, 니닌하가 말했어요, 총소리가 들렸죠. 기다리고 또 기다렸는데 그가 나타나지 않는 거예요.

그래서요?

그냥 떠났어요. 거기서 닷새만 머물렀네요.

누가 죽였는지는 알아요?

모르겠어요.

갑자기 그녀에게 화가 났어요. 제정신이 아니었죠. 그녀에게 소리쳤고, 매춘부라고도 했던 것 같아요. 그녀는 눈에 띄게 혼란스러운 모습이었죠. 내가 잘못하고 있다는 걸 알았지만 화를 주체할 수가 없었던 거예요. 그녀를 잡고 흔들기까지 했어요, 말 그대로 양손으로 부여잡고 말이에요. 그녀가 했거나 하지 않았던 어떤 일에 화가 난 게 아니었어요. 리가의 호텔에서 그녀가 러시아인과 했던 행동—그건 그녀의 연애일 뿐이니까—에 화가 난 것도 아니었죠. 나는 그녀가 말하지 않은 것, 그 침묵들에 화가 났어요. 그것들이 나를 분노하게 했죠. 말없음은 미덕이고, 당연히, 종종 꼭 필요할 때도 있겠죠. 하지만 그녀의 침묵들은 절망에서 비롯된 것이었어요.

그녀는 삶이란 하나의 사고일 뿐이라고, 일어나지 말았어야 할 일이라고 믿게 된 거예요. 그래서 아직 남아 있는 것들을 주워 들고 어떻게든 다시 붙여 보려고 애쓰기보다는, 그냥 조용히 지내며 나머지에 대해서 아무것도 말하지 않는 게 낫다고 생각하는 거죠. 아무것도. 아무것도! 아무것도!

내 팔을 떨쳐낸 그녀가 아무 말 없이 떠나고, 그 뒤로 문이 휑하니 열려 있었어요. 나는 밖으로 나가 계단 맨 위에 앉았어요. 이미 그녀는 보이지 않았죠. 유칼립투스 가지가 바람에 흔들리는 소리가 들렸고, 내가 그렇게 심하게 화가 났던 건 나 역시 삶이란 일어나지 말았어야 할 사고라고 믿게 되었기 때문이 아닐까 자문해 봤어요. 앉은 채 흐느꼈죠. 창피하고 내가 불쌍했어요.

이틀 밤이 지나고 니닌하가 다시 찾아왔죠. 그녀는 미소를 지으며 손가락을 입술에 댄 채 아무 말도 하지 말라는 시늉을 해 보였어요. 그러더니 카세트플레이어—산 사진이 붙어 있는 그 모퉁이에 그대로 있답니다—가 있는 쪽으로 다가가 시디를 한 장 넣었어요. 그런 다음 거기에 서서, 손을 엉덩이에 댄 채, 기다렸죠. 탱고, 피를 끓게 하는 숙명적인 느낌의 곡이었어요. 그녀가 춤추기 시작했어요. 나를 쳐다보지는 않았지만, 스텝을 밟으며 나아가는 방향을 보니 내가 있다는 걸 의식하고 있음을 알 수 있었어요.

탱고는 삶의 파편들, 우연한 기회로 살아남은 토막들로 이루어져요. 토막이나 조각들이 한데 모여 지그재그로 움직이는 다리가 되고, 점점 흐르는 피에 순응하며, 갈라졌다 다시 만나죠.

나는 그녀가 턴을 하고 잠시 멈추기를 기다렸다가, 같이 춤을 췄어요. 그녀는 살짝 미소를 지어 보이며 내 손을 잡았죠. 밀롱게로* 스타일, 몸을 밀착시키고 다리를 자유롭게 움직이면서 그녀가 리드하면 내가 따르는 식이었어요. 우리의 몸은 서로를 듣고 있었어요. 그녀는 아무것도 숨기지 않았죠, 침묵은 없었어요. 니닌하는 그녀 자신을 통째로 아낌없이 내주었고, 그 말은 나 역시 마찬가지였다

* 아르헨티나 탱고 춤의 일종.

는 뜻이죠. 그리고 함께, 마치 가위의 양날처럼 우리는 재단을 했어요. 이음매가 없는 매끈한 천을, 일어났어야 할 일을 재단했어요.

내가 당신을 위해 재단하고 있는 게 뭔지 알죠?

사랑해요. A.

"어떤 역사도 침묵하지는 않는다. 그들이 역사를 아무리 많이 점유하고, 깨부수고, 그에 대해 거짓말을 하더라도, 인간의 역사는 입을 다물기를 거부한다. 무관심과 무지에도 불구하고, 과거의 시간은 현재의 시간 속에 계속해서 째깍째깍 소리를 내고 있다."
갈레아노*가 말했다. 에두아르도, 고맙습니다.

*Eduardo Galeano(1940-2015). 우루과이 언론인이자 작가. 작품으로 『수탈된 대지』『거꾸로 된 세상의 학교』『불의 기억』『축구, 그 빛과 그림자』 등이 있음.

미 구아포,

그는 열세 살이었어요, 어쩌면 열네 살이었을지도 모르죠. 목소리는 이미 성인 남자의 것이었지만 말하는 속도는 그렇지 못했어요. 라프는 고통스러웠지만 그걸 드러내지 않겠다고 결심했죠. K와 다른 두 아이들이 우리 집 문을 두드려서 잠이 깼어요. 오른쪽 다리를 다친 라프는 발을 땅에 내려놓을 수 없는 상태였죠. 아이들이 그의 양팔을 한 쪽씩 걸쳐 부축한 채 절뚝거리는 그를 데려왔더라고요. 이름은 라프예요, 아이들이 말해 줬어요.

자발적 용기는 젊은 시절에 시작되죠. 나이가 들며 생기는 건 인내예요. 세월이 가져다주는 잔인한 선물이죠.

지프를 탄 그들이 그에게 총을 쐈어요. 야간 통행금지 시간에 외출을 한 거죠. 그는 버려진 트럭 밑으로 간신히 기어가 공터에 몸을 숨겼어요. 약국에 가서 따로 좀 살펴봐야 할 것 같다고 아이들에게 말했죠. 약국의 불빛은 —이미 자정이 지난 시간이었어요— 그들도 의심하지 않을 것 같아서요.

가게에서 들것을 가져와서 그 위에 라프를 누인 다음, 여기저기 갈라진 길을 되돌아가서 늘 약국 뒷방에 준비돼 있는 병상에 뉘었죠. 아이는 이미 상당한 양의 피를 흘린 상태였어요.

K에게 원하면 한 시간쯤 후에 다시 와 보라고 했어요, 그리고 만약, 그럴 일은 없겠지만, 약국의 불이 꺼지고 문도 잠겨 있으면 응

급상황이 발생해서 라프를 병원에 데려간 줄 알라고 했어요.

세 아이들은 마치 내가 갑자기 거인이라도 된 듯이 쳐다봤죠. 아마 그럴 일은 없을 거야, 나는 다시 한번 아이들을 안심시켰어요, 그런 일은 피하도록 내가 최선을 다해 볼게, 하지만 모든 상황에 대비해야 하잖아, 그렇지? 다시 왔을 때 우리가 그대로 있으면 노크를 세 번 해줘.

둘만 남게 되자 라프는 나를 향해 미소를 지었어요. 그렇게 어린 나이의 그에게는 낯설어 보이는 미소였죠. 마치 우리 두 사람이 무언가를 할 자격이 있다는 듯한, 그 사실을 알아차리고 자랑스럽게 지어 보이는 미소 같았어요.

다섯 발 쐈는데 세 발은 빗나간 것 같아요, 그가 말했어요.

네 어머니는 어디 계시니?

마을에요.

너는 여기서 뭘 하지?

일해요.

늦게까지 일하는구나.

선생님도 늦게까지 일하시네요, 대답을 마친 그가 눈을 찌푸렸어요. 고통 때문에 그런 건지, 아니면 우리 둘만의 공모를 뜻하는 신호였는지 모르겠어요. 아마 둘 다였을 거예요.

청바지를 벗긴 다음 다리를 닦고, 가위로 허벅지에 대 놓았던 지혈대를 잘랐어요. 피가 갑자기 뿜어져 나오지 않은 걸 보면, 하느님 감사합니다, 동맥은 다치지 않았던 것 같아요. 그는, 호기심 가득한 얼굴로, 나를 쳐다봤죠. 하지만 자신이 어떤 상황에 있는지는 생각하지 않는 것 같았어요. 지금 제가 무슨 생각 하고 있는지 아세요? 그가 물었어요.

먼지와 피로 범벅이 된 그의 발을 긁으며 테스트를 해 봤더니 다리가 정상적으로 움찔거렸어요. 신경도 제대로 살아 있었던 거죠. 발을 씻겨 주었어요.

지금 제가 무슨 생각 하고 있는지 아세요? 그가 다시 물었어요.

모르겠는데, 말해 줄래? 지금부터 상처를 살펴볼 거니까, 많이 아프면 작게 이야기해 줘.

무슨 생각이냐 하면요, 그가 말했어요, 제가 모터보트의 갑판에 누워 있고 선생님이 그 보트를 운전하는 거예요. 보트는 해안에서 아주 멀리 떨어져 있는데 파도가 계속 배를 때려요. 철썩. 철썩.

두 개의 상처가 가까운 곳에 나 있었어요. 하나는 길지만 깊지 않았고, 다른 하나는 작았지만 추하고 심각해 보였죠. 내 짐작으로는 첫번째 상처를 낸 총알이 높은 곳에서 발사되었기 때문에, 스치듯 살을 파고들었다가 무릎 위의 상처가 끝나는 지점에서 뚫고 나오려고 했던 것 같았어요.

추한 상처 안에 아마 총알이 남아 있겠죠. 디아모르핀을 찾으러 진통제들이 있는 곳으로 걸음을 옮길 때, 그가 작게 말했어요.

가지 마세요.

널 이대로 뉘어 놓고 그냥 갈 거라고 생각한 거니? 팔에 주사 놔 줄게.

주사를 놓고(오 밀리그램이었어요), 우리는 기다렸죠.

우리가 탄 보트는 어디로 가는 거지? 상처 입구를 열기 위해 왼손으로 작은 집게를 집어 들며 내가 물었어요. 프랑스어로는 상처의 '기슭'이라고 하죠, 강기슭처럼요.

오른손으로 주사바늘을 들고 상처의 갈라진 틈을 따라 조심스럽게 움직이며 금속성 소리가 들리는지, 혹은 단단한 금속이 걸리지는 않는지 살폈어요. 그렇게 하면 직접 눈으로 보는 것보다 숨어 있는 총알을 찾아내기가 더 쉽거든요.

어디로 갈지는 선생님이 말해 주세요, 그가 말했어요. 저는 그냥 갑판에 누워 있고 선생님이 키를 잡고 있는 거니까. 우리 어디로 가는 거예요?

총알은 없었어요. 상처 입구를 닫았죠. 이번엔 더 추한 상처 차례였어요.

남자들의 꿈에 대해 좀 알고 있니? 모든 남자들이 꾸는 꿈 말이야. 내가 물었어요.

말해 주세요. 그가 거친 목소리로 말했죠.

무슨 꿈이냐 하면, 편안한….

바늘을 넣고 움직이고 있었는데, 그때 금속이 부딪히는 소리가 들리는 것 같았어요. 두 번 더 톡톡 쳐 봤죠. 총알이었어요.

여자들은요, 여자들은 무슨? 그가 갑자기 이를 꽉 물었어요.

잠깐만 기다려 봐.

그래서 여자들은 무슨 꿈을 꾸는데요? 그가 다시 물었어요.

더 이상 나누어지지 않아도 되는 곳을 꿈꾸지, 내가 말해 줬어요.

어떤 곳이든 나누어지게 마련이에요. 그래서 킬로미터 같은 단위가 필요한 거잖아요!

그의 대답에 담긴 차분한 논리가 당신을 떠올리게 해서 나는 입술을 깨물고 참아야 했어요.

지금은 보지 마, 내가 속삭였어요. 눈을 감으렴.

눈을 감으면 무서워요, 그들이 나한테 정면으로 기관총을 겨눌 때도 눈을 뜨고 있었는걸요.

그럼 내 손 말고 얼굴을 봐.

선생님, 보조개가 있네요! 그가 말했어요. 아직도 보조개가 있어요.

핀셋으로 상처 안쪽에서 썩은 이 같은 푸르스름한 총알을 꺼냈어요. 그는 움찔하지도 않았죠. 그런 다음 상처에 베타다인 소독액을, 화산에서 흘러내리는 용암처럼 넘치도록 부었죠. 그는 오른손 주먹을 움켜쥐었을 뿐 가만히 있었어요.

집게로 삼십 밀리 우지 기관총의 총알을 집어 들어 그에게 보여줬어요.

그리고 그가 흐느끼기 시작했어요. 그의 머리에 내 머리를 맞대어 주었더니 몇 분 후 잠이 들었죠.

작은 초승달 모양처럼 끝이 휜 바늘과 실로 상처를 꿰매 주었어요. 한 땀 한 땀 지날 때마다 강의 양쪽 기슭이 맞닿았고, 바늘을 집은 집게 주위로 바느질실이 원을 그리며 매듭을 지었어요. 그렇게 하나씩 매듭을 만들어 나갔죠. 살들은 다시 하나가 되고 싶어하죠. 두 번의 드레싱까지 마친 다음 그의 머리에 베개를 대 주었어요. 파도를 타고 가는 보트를 생각하며 들것을 흔들어 주었죠.

그때가 새벽 두시 삼십분이었어요. 우리 둘뿐이었고, 우리는 기다리고 있었죠. 아주 조용했어요. 나는 당신이 잠들어 있기를 바랐네요.

(보내지 않은 편지)

미 소플레테,

상자에 물건들을 담고 있어요. 그릇, 컵, 저울, 부목, 주사기, 가위, 편지 묶음, 또 편지 묶음, 모두 챙겨 넣었어요. 평생 몇 번이나 이렇게 짐을 싸서 떠나야 하는 걸까요. 어린 시절 맨 처음 짐을 쌀 때는 그게 놀이인 줄만 알았죠, 어머니의 눈물을 보기 전까지 말이에요.

어떤 노래가 있었죠, 제가 기억하는 게 맞다면 히힝히힝 우는 말에 관한 노래였는데, …"어떤 미망인도 우리에게 돌아오지 않네, 우리가 가야만 하는 곳, 히힝히힝 우는 말들을 지나…."

지금 떠나야 하는 이 약국에서 이델미스는 내가 태어나기 전부터, 고통받는 사람들과 기도하는 사람들에게 이마를 찌푸린 채 약을 지어 주고 조언을 해주었죠. 예전에 그녀는 발목까지 내려오는 긴 드레스를 입었는데, 마치 그것들까지 허브 치료의 일종인 듯 늘 꽃무늬가 있는 것만 입었어요. 흰색 가운을 알려 준 건 바로 저였죠.

이제, 이달 말까지 약국을 접고 가게를 비워야 해요. 그녀에겐 힘든 일이겠죠. 지난주에는 뱀에 대해 이야기하다가 이젠 잡아도 소용없다고 하더군요. 정신을 놓아 버리는 게 어떤 기분인지는 나도 알아요, 오늘 아침에 그녀가 이렇게 불평하더군요, 여기를 떠나면 난 정신을 놓아 버릴 것 같아.

나는 내가 당신의 삶이라는 것도 알아요, 삶의 고통이고 기쁨이죠.

이델미스는 은퇴하고 약국을 팔 수도 있지만, 그러고 싶어하지 않아요. 그녀 안의 과학자는 내 도움을 받는 것이 합리적이라는 걸 알고 있죠. 내가 없어도 자기가 잘해 나갈 수 있을 거야. 하지만 그녀 안의 주술사는 그걸 거부하며 등을 돌려 버리죠. 때가 되면 다 알게 되겠지, 그녀가 말해요.

사람들에게 치료약과 진정제, 그리고 희망과 경고를 담은 처방전들을 나누어 주는 일을 하지 않았다면 그녀는 어떻게 됐을까요. 다리를 절뚝이고, 온종일 방안에 앉아 숫자나 세고, 두번째 남편을 잃었을 테고, 히힝히힝 우는 말 뒤로 사라졌겠죠.

오늘 밤 감방에 있는 당신에게 건네는 건 나 자신이 아니에요 — 그건 너무 단순한 말이죠— 오늘 밤 내가 당신에게 건네는 건 당신 자신이에요, 속속들이 사랑받고 있는 당신 자신이요.

우리가 이사할 약국은 오 분 정도 거리에 있는, 아이스크림 공장 근처예요. 예전엔 곡물상이었어요. 다음엔 포목점이었죠. 나는 당신 안에서 죽을 거예요, 만약 당신이 먼저 죽으면 나를 불러 주세요. 모든 약들이 알파벳 순서로 정리된 서랍장을 비워야만 해요, 그래야 따로따로 분류해 수크라트에 가서 다시 끼워 넣을 수 있으니까.

지금의 약국 자리에는 일반회사 사무실이 들어설 고층건물을 세운다고 하는데, 좁은 골목이나 벽에 기대어 지은 집, 보호소들도 모두 불도저에 밀려 사라지겠죠.

벨라도나, 호손, 이부프루펜, 라이신, 파라세타몰, 테오실린, 발레리안….

오늘 오후에 내가 생각 없이 한 말이 순식간에 이델미스의 기분을 바꾸어 놓았어요. 거의 한 달 만에 처음으로 그녀의 눈이 반짝이더니, 이내 손을 들어 올려 플루트를 부는 시늉을 했어요….

수크라트에 가면 이 물건들을 다른 순서로 정리해 봐요, 내가 말했죠. 무슨 말이야? 그녀가 불평하듯 말했어요. 간단해요, 내가 대답했어요, 약들을 다시 정리하는 거죠, 물론 알파벳 순서대로 하는데, 이번엔 형태가 아니라 효능에 따라 하는 거예요.

그녀는 즉시 이해했죠. 이번에 이사하면 알약, 가루약, 캡슐, 물약, 기름, 연고 등으로 정리하지 않고, 어떤 증상에 쓰이는지에 따라 할 거예요. 심장약, 위장약, 혈액순환제, 내분비계 약, 비뇨기과약 등으로 말이죠.

그렇게 해 본 적은 한 번도 없지만, 그녀가 말했어요, 안 될 이유는 없지. 한 번 해 보자고, 그것도 괜찮을 것 같네.

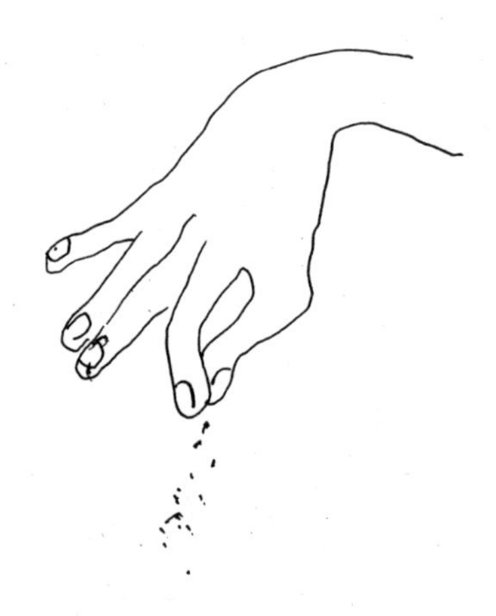

차이가 뭐냐고 당신은 물어보겠죠? 나도 몰라요. 내가 아는 건 나의 인생이 온통 나를 당신에게로 이끌었다는 것, 그리고 이델미스가 오늘 저녁 약국을 떠나기 전에 행복해 했다는 것뿐이에요.

우린 처음부터 이렇게 될 예정이었을까요?

당신의

아이다

가끔은 그 사이의 시간을 분간하는 게 어려워요
당신이 내게 어떤 의미인지 말하는 게
당신은 내 마음의 장미—

어젯밤 들은 조니 캐시*의 노래….

당신이 지쳤다면 내 품에 기대요
내 마음의 장미

* Johnny Cash(1932-2003). 미국의 유명한 팝 가수로, 이 곡의 제목은 「내 마음의 장미(Rose of my heart)」임.

야 누르,

비누 좀 보내 달라고 했죠—그나마 수영과 가장 가까운 일이라고 당신은 적었어요. 오늘 아침에 도착했어요, 당신 편지 말이에요. 당신이 네 개 받을 수 있기를 희망하면서 비누 열두 개를 보내요.

약국에 종종 들르는 사람 중에 타마라라는 미망인이 있어요. 칠십대죠. 오늘 아침엔 오른손 검지를 베었다며 찾아왔어요. 아주 가벼운 상처였는데, 어쩌다 그랬는지 감염이 됐더라고요. 이삼 일 전에 생긴 상처라고, 감자를 깎다가 그랬다고 했어요.

그녀가 상처를 보여줬어요. 다른 사람들한텐 전혀 보여주지 않았다고 했는데, 지금까지 그렇게 둘—그녀와 상처—은 서로를 불편하게 하며 지냈던 거죠. 나는 연고와 접착식 드레싱 상자를 가져왔어요.

타마라에게 드레싱 사용법을 알려 주었죠. 그녀는 왼손으로 나의 동작을 흉내 내며 웃었어요.

한 번 더 설명해 줘요, 그녀가 부탁했어요.

다시 한번 보여주었어요, 그녀는 인형에게 옷 입히는 것을 배우는 소녀처럼 집중해서 내 동작을 따라했죠. 그녀의 오른손이 인형이 된 거예요. 이제 그녀는 자신만의 작은 방으로 혼자 돌아가겠죠, 베인 상처가 아니라 인형과 함께 말이에요.

고마워요, 그녀가 약값을 내며 말했어요, 당신은 천사예요.

내가 고개를 가로저으며 대답했어요. 천사는 가고 없어요.

오늘 우리의 결혼 요청이 거부되었다는 확답이 왔어요. IBEC 법령 27조 F항에 따른 것이라고 하더군요.

부재가 무라고 믿는 것보다 더 큰 실수는 없을 거예요. 그 둘 사이의 차이는 시간에 관한 문제죠. (거기에 대해선 그들도 어떻게 할 수 없어요.) 무는 처음부터 없던 것이고, 부재란 있다가 없어진 거예요. 가끔씩 그 둘을 혼동하기 쉽고, 거기서 슬픔이 생기는 거죠.

당신의

아이다

거의 모든 약속이 깨졌다. 가난한 자들이 역경을 받아들이는 것은
수동적이거나 체념해서가 아니다. 그것은 역경 뒤에서 가만히 주시하고,
거기서 이름 없는 무언가를 발견하는 받아들임이다. 깨진 것은 특정한
어떤 약속이 아니라, (거의) 모든 약속이기 때문이다. 꺾쇠묶음 같은 무엇,
그냥 두면 무자비하게 흘러갈 시간에 괄호를 두르는 일.
그런 괄호들의 총합은 아마 무한함일 것이다.

오늘은 일을 마치고 저녁에 사요말에 있는 아리아드네를 보러 갔어요. 그녀가 아연으로 된 욕조에서 머리를 감는 동안 나는 작은 정원에서 블랙베리를 땄죠. 그녀는 머리숱이 나보다 훨씬 많아요. 그 안에 군대가 매복할 수도 있을 거예요!

블랙베리를 따다 보면 손가락이 빨갛게 물들죠, 그리고 맛은, 그러니까 색깔이 아니라 맛은, 검은색이에요, 바다를 떠올리게 하는 검은색. 해저에 살고 있는 무언가의 맛이랑 비슷하죠. 성게나 다른 극피동물도 비슷한 맛일 거예요. 블랙베리 맛만큼 강하거나 자극적이진 않겠지만. 어떻게 그걸 알 수 있냐고요? 몰라요, 미 구아포, 하지만 나는 알 수 있어요.

그 향 기억해요? 블랙베리 향? 특히 열매가 익기 시작할 때쯤 잎에서 나는 그 향 말이에요. 저는 그 향을 너무 사랑해요. 그 향을 당신이 있는 감방에 전해 주고 싶네요.

역시 그 향을 사랑하는 하얀 달팽이들이 많이 있어요. 달팽이 종류가 얼마나 많은지 알아요? 한번 생각해 보세요. 삼만오천 종이나 된다네요! 오늘 밤 블랙베리 향을 당신의 감방에 전해 주고 싶어요.

내가 본 달팽이들은 작았어요, 새끼손가락 손톱만한 크기였죠. 열 마리 남짓한 달팽이들이, 풀잎이 마치 해먹이라도 되는 듯, 거기 잠들어 있었어요. 풀잎에서 뭘 먹고 지내는지는 모르겠지만, 우선 보기에는 아무런 해도 끼치지 않을 것 같았어요. 많은 달팽이들이,

어디선가 배웠던 기억이 나는데 ―참, 배운 것들은 오래 가죠!― 많은 달팽이들이 거친 혀를 바위나 나무둥치에 문질러서 먹이를 벗겨 먹는다고 해요. 그러니까 천천히 움직이며 자신들이 지나는 길옆을 먹어 치우는 셈이죠.

아리아드네의 블랙베리 덤불에서는 달팽이 한 마리가 한 시간에 블랙베리를 열 개씩 먹어 치운다고 해도 눈치 채지 못할 거예요. 블랙베리가 그 정도로 많답니다!

그런 생각을 하다 보니 디미트리가 ―자금이 부족해서 집수리를 멈출 수밖에 없게 되었어요― 어제 말해 준 속담이 떠올랐어요. 넘치는 곳에서 아주 조금 가져오는 것은 도둑질이 아니라 나누어 가지는 것이다, 라는 속담이요!

좀전에 이야기했던 성게 이야기는 달팽이에게도 해당한다고 할 수 있어요. 그 어떤 동물의 수명도 기억이 지속되는 시간에 비하면 터무니없이 짧죠. 극피동물과 복족류(腹足類)는 둘 다 어느 정도 같은 시기에, 포유류가 생기기 오래전에 생겨난 종이에요. 그리고 그들은 당신에게 이중종신형을 선고했고요!

온종일 덥고 공기는 무거웠어요. 당신에게 시원한 물병을 끊임없이 보내 주고 싶은 날씨였죠. 나중에 블랙베리를 따려고 간이의자에 앉았을 때는 저녁의 산들바람이 불고 마지막 햇빛이 기분 좋게 등을 비췄어요. 마치 따뜻한 실크 옷감이 어깨를 감싸는 것 같았고, 아리아드네는 여전히 머리에 물을 튀기고 있었죠. 우리가 사는 삶은 단 하나뿐이에요, 당신과 나의 삶.

매달린 열매들이 잘 보이도록 가지를 들어 올린 다음, 하나씩 따기 시작했어요.

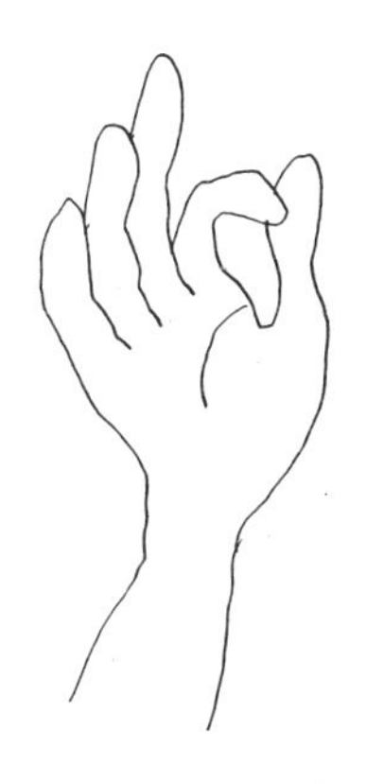

염소젖을 짜듯 가지를 훑기 시작했죠.

블랙베리 열매가 하나씩 차례대로 내 손가락을 지나 손바닥으로 떨어졌어요. 더 이상 손에 담지 못할 정도로 많아지면 바구니에 옮겨 담은 다음, 가지를 옮겨 가며 다시 처음부터 반복했죠.

가지에서 떨어진 블랙베리 열매들이 손가락을 타고 오므린 손바닥 안으로 흘러내렸어요. 마치 그게 미리 정해져 있던 운명이라도 되는 것처럼 말이에요. 기분이 이상했어요. 마치, 내 손끝이 닿는 순간, 그 열매들에게 예정되어 있던 때가 온 것만 같은 느낌. 덕분에, 한 달에 한 번씩 정해진 때가 되면, 내 몸 안의 난자들이 난포를 떠나 나팔관으로 떨어지고, 나팔관 안쪽의 속눈썹 같은 섬모들이 난자를 밀어내고, 마침내 자궁 맨 위쪽에 있는 닫집이라고 불리는 부분에 도착하는 과정을 떠올리게 했어요. 미 구아포, 감방에 있는 당신에게 말해 주고 싶어요. 그 닫집은 당신의 것이라고!

블랙베리를 삼 킬로그램 땄어요. 잼을 열 병이나 만들 수 있는 양이죠. 절대 설탕을 많이 넣으면 안 돼요. 성게 맛을 몰아내면 안 되니까. 그런 다음 섭씨 이백 도로 끓이는 거예요.

하나의 난소 안에는 이십만 개의 난자가 들어 있는데, 평생 동안 그 중 사백 개만 제대로 성숙한다고 하네요. 그게 바로 자연의 풍요로움이겠죠.

내일 잼을 만들면 당신에게도 네 병 보내 줄게요. 세 병은 그들이 갖고 한 병은 당신에게 가겠죠. 자연의 풍요로움이라고요? 차라리, 자연의 결심이라고 하는 게 낫겠어요!

이제 당신도 내가 말한 블랙베리 향을 맡을 수 있나요?

당신의
아이다

블랙베리로 찜질을 하면 화상 통증을 없애는 데 도움이 된답니다.

회문(回文). 글쓰기에서, 앞에서부터 읽으나 뒤에서부터 읽으나 똑같은 말. 야니스에 따르면, 팔린드롬은 그리스어로 '돌아가는 길'이라는 뜻이라고 한다.

거꾸로 정리해 본 나의 하루. 잠이 든다. 깊은 잠은 아니고, 아직 잠들기 직전의 나른한 즐거움을 느낄 수 있는 그런 상태라고 할까. 73호 감방의 침상에서 발을 남동쪽으로 향한 채, 잠들기를 기다리며 지나간 하루를 되돌아본다. 침상 위에 책을 한 뭉치 올려놓은 다음 그 위에 왼발을 딛고 올라서서 왼쪽 어깨를 벽에 기대면 —매일 밤 잠옷 셔츠가 닿은 자리에 벽이 반들반들해졌다— 하늘을 볼 수 있고, 다른 방법은 없다. 오늘 밤은 밝은 별들이 기다리고 있다. 북북서 방향에 오리온 성좌도 보이고.

바지를 벗고, 신발을 벗어 끈을 푼다. 침상에 앉아 거울을 보지 않은 채 이를 닦는다. 무슨 이유에서인지 그들은 거울은 갖다 놓아도 되지만 병은 안 된다고 했다. 아침에 눈을 뜨고 자리에서 일어나면 거울을 보며 '좋은 아침'이라고 인사를 하지만, 자기 전에 '잘 자'라는 인사는 절대 하지 않는다. 73호 감방에 온 후에 생긴 미신 같은 습관인데, 방을 옮기면 그 습관도 바뀔 것이다.

라디오로 음악을 듣는다. 모차르트는, 앞뒤로 들어도 똑같은 곡을 몇 번 쓴 적이 있다. 교도관을 따라 공동구역에서 복도를 지나 방으로 온다. 버려진 도살장 같은 복도. 특별감옥 전문 건축가가 설계한 복도라고 한다. 중간에 교도관이 걸음을 멈추고 자신의 아들에 대해 이야기한다. 나이는 열여덟 살이고 수영 챔피언이 되고 싶어한다고 한다. '수영'이라는 단어를 속으로 따라했다, 그 말을 하면 그녀가 생각나니까. 69호 감방에서 나오는 다른 소리도 들었다. 오래된 노래의 가사를 바꿔서 불렀는데, 그게 일종의 메시지라는 걸 알 수 있다.
공동구역에서는 텔레비전이 켜져 있다. 저녁 식사를 마치고 무라트, 알리, 파이메스, 카뎀과 에너지 생산을 위해 투입되는 에너지 지수(EROEI, Energy Return on Energy Input)에 대해 열띤 토론을 한다. 오늘날의 자본주의는 화석연료에서 나오는 진한 에너지(thick energy)의 투입 없이는 불가능하다, 그렇다면 약 사십 년 후 원유가 고갈되고 나면 어떤 일이 벌어질 것인가. 태양열 같은 묽은 에너지(thin energy)만 남을까. 가까운 감시대에 서 있던 교도관도 총을 무릎 사이에 놓은 채 우리의 이야기를 듣는다.
어떤 텔레비전 프로그램이든, 보고 있으면 화면 속 인물들이 걸어갈 수 있는 공간적 여유에 대해 환상이 생기는 것 같다. 이라크의 미군들은 다임 화기*를 사용하는 것으로 보이는데, 그걸 맞으면 파편이 살을 뚫고 나오지 않은 채 속을 다 태워 버린다. 오늘 밤은 수프가 너무 묽다.
올리브기름을 병에서 따라 구할 수 있는 그릇에 모두 옮겨 담는다.
공동구역에 병을 둘 수 있게 해 달라고 건의도 했다. 우리가 병을 깨서 뭘 하는 것보다는 교도관들의 총이 더 빠르지 않겠냐고. 그리고 카뎀이 식사를 하지 않는 상황에 대해서 파이메스와 상의한다. 벌써 세 달째. 시간에 맞춰 이동하는 것이 —천천히, 여기 있는 사람들은 나름대로의 방식으로 그걸 익히게 된다— 점점 쉬워지고 있다.
오후 작업을 마치고 나오면서 몸수색을 당했지만, 아무것도 나오지는 않는다. 실비오, 사미르, 두리토와 나는 전화기나 텔레비전 같은 전자제품을 수리한다. 작업장에서의 시간은 아주 기분 좋게 느리게 가는 시간이다. 우리가 원하는 대로 일하는 속도를 조절할 수 있을뿐더러, 조금은 낯선 방식으로, 그 시간 동안은 감옥의 간수들도 수선공으로서의 우리의 능력에 의존할 수밖에 없으니까.

* Dense Inert Metal Explosive Weapon. 텅스텐 같은 불활성 금속을 탄피 속에 넣어 폭발이 미치는 거리를 제한한 화기.

점심을 먹으면서 이야기를 거의 하지 않는 날들이 있는데, 오늘도 그런 날들 중 하나다.

식욕을 돋우기 위해 한 시간 동안 운동장에서 운동을 한다. 새로운 수감자들이 여덟 명 들어왔다. 우리들 중 둘이 그들 뒤를 따라 걸으며 새로운 소식을 듣고, 주의점을 알려 주고 현금을 슬쩍 찔러 준다. 감옥에 들어올 때 현금을 모두 빼앗겼을 테니까. 그녀 소식도 들을 수 있었고….

운동장에 들어설 때 하늘을 올려다보며 그녀가 있는 곳의 날씨는 어떨까 생각해 본다. 마치 하늘이 그녀의 겨드랑이라도 되는 듯 냄새를 맡는다. 흰 구름이 빠르게 흘러간다. 완전히 나타나기도 전에 사라지기 시작하는 것 같다. 그녀가 면회를 올 수 없는 시간이 길어질수록, 더 많이 그녀를 그려 보고 있다. 그녀 주변을 감싸고 있는 거침없는 파란색. 운동장 위의 파란 하늘은 무심하지 않다, 그럼, 절대 그렇지 않다. 하늘은 결코 승자들에게 협력하지 않는다, 하늘은 쫓기는 자들 편이다. 운동장에 첫발을 내딛는 순간부터 계속 그 생각을 한다.

감옥에선, 책을 읽고 메모를 한다. 다른 게 아무것도 없는 곳에선 단어들이 중요해진다. 역사상 최초로, 지구 전체가 그저 사용가치와 교환가치 사이에서 이익을 만들어내는 차이의 관점에서 취급당하고 있다. 몸을 소독한 다음 커피 한 잔과 빵으로 간단히 식사하고, 다시 교도관을 따라 감방으로 들어온다. 커피를 받기 위해 빈 잔을 내민다.

몸을 천천히 말린다. 몸을 씻는다. 감방 문 앞에서 기다린다, 벗은 옷을 팔에 걸친 채 소독 담당관들이 교도관과 함께 도착하기를.

잠에서 깬다.

지옥 같은 폭발음이 들린다. 아주 짧은 순간이었지만, 내가 있는 곳을 분간할 수 없다. 잠이 든다.

하야티*,

발 사이에 빨간색 설거지통을 놓고 당신이 네번째 방이라고 부르던 지붕 위에 앉아 있어요. 지붕 아래로 보이는 거리의 사탕과자 가게에서 바닐라 타는 냄새가 은은하게 올라오네요. 저녁의 냄새. 아침에는 절대 맡을 수 없는 냄새죠. 벌써 여덟시 삼십분인데, 사람들은 아직도 그늘 쪽으로 걷고 있어요. 흰털발제비 두 마리가 지붕들 사이로 날아다녀요. 지금 이 순간 눈에 들어오는 것들 중 그 새들이 당신에게 가장 큰 기쁨을 줄 거라는 걸 알아요. 그 모습을 보는 일이.

빨간 플라스틱 통을 들고 지붕 두 개를 가로질러 수도가 있는 라몬의 집 지붕으로 건너가, 거기서 훔친 물을 통에 받아요. 그런 다음 우리 집 지붕으로 돌아와 샌들을 벗고 윈발을 차가운 물에 담그죠.

어쩌면 찬 물에 담근 내 발도 흰털발제비만큼 당신에게 기쁨을 주는 걸까요? 나 지금 약 올리는 거예요! 기다리는 동안 그것만큼 시간을 보내기 좋은 방법은 없죠, 만다가 말하더군요. 약 올리는 일은 시간의 걸음을 재촉한다고, 그녀가 말해요.

*Hayati. '활기찬' '생명력 넘치는'이라는 뜻의 터키어로, 여기서는 '나의 삶' 정도의 애칭.

양쪽 발을 모두 담그면 발이 묶인 것 같은 기분이 들죠. 그래서 시원해진 왼발을 꺼내고 오른발을 담갔어요. 발을 보면 그 사람의 나이를 가장 잘 짐작할 수 있어요. 내 발도 마찬가지죠.

이른 저녁에 아마가 찾아왔어요. 갈대처럼 야윈 모습이었죠. 자기 집 창에서 가만히 나를 내다보다가 밖으로 나와서 옆에 앉더니 이렇게 속삭였어요. 이상한 이야기 하나 해줄게요!

재미있는 거예요, 짓궂은 거예요?

완전히 뒤집어질걸요, 그녀는 그렇게 말하고 기다려요.

해 보세요.

어젯밤에 친구 집에서 텔레비전으로 영화를 보는데요, 그녀가 입을 열었죠. 특별한 영화는 아니고, 그냥 평범한 아르헨티나 영화 같았는데, 남자 주인공을 맡은 배우가 라미와 완전히 똑같이 생긴 거 있죠. 정말이에요. 모습 하나하나가 라미랑 똑같았다니까요! 속으로 '그 사람이야!' 라고 생각했죠. 목을 돌리는 모양도 똑같았죠. 걸음걸이나 기침하는 것도 그렇고요. 신발을 벗는 모습도 똑같았어요. 심지어 머리가 벗겨지고 있는 것까지 똑같더라니까요. 정신없이 영화를 봤어요, 그 사람이 라미일 리는 없으니까. 그는 죽어 버렸으니까 어떤 영화에도 출연할 수 없겠죠.

아마는 잠시 숨을 고르기 시작해요. 내가 받아들일 수 없었던 건 —그녀가 단어를 내뱉듯 말해요—, 그러니까 나는 라미가 둘일 수도 있다는 걸 받아들일 수가 없었어요. 그가 유일무이한 사람이 아니라면, 죽은 게 아니잖아요!

그녀의 입가와 볼에 땀이 맺히기 시작해요. 그러니까, 그녀가 말을 이어요. 그게 무슨 의미인지 모르시겠어요? 라미가 죽은 게 아무 의미도 없다는 뜻이잖아요! 그녀는 머리를 내게 기대요.

이제, 설명이 필요하겠죠. 아마는 지난 겨울에 라미를 만났어요. 그녀보다 열 살 정도 많은 남자였죠. 전기기술자였고 컴퓨터 박사였어요. 나도 한 번 본 적이 있고요. 자존심 강해 보이는 콧수염과 항상 웃고 있던 눈이 기억나네요. 아마는 그 남자랑 어느 정도 사랑에 빠져 있었죠. 사랑에 어느 정도 빠지는 일 같은 게 가능하다면 말이에요. 어쩌면 그건 정말 양의 문제일지도 몰라요, 그녀는 양을 훨씬 더 늘일 수도 있었겠죠! 하지만 그러지 않았어요.

넉 달 전 라미는 살해당했어요. 자고 있던 중에 경비대에 잡혀서 자브 강가로 끌려가 총살당했죠. 아마는 사흘 후 그의 시체가 발견되었을 때야 비로소 그 소식을 들었고요.

사람들이 얘기해 주기 전에 이미 알고 있었어요. 그의 총살 소식을 들었을 때 그녀가 내게 이야기했어요. 그들이 그를 죽이던 날 밤에 이미 알았어요. 갑자기 잠에서 깨 보니 갈비뼈 안쪽에 바닥을 가늠할 수 없을 정도로 깊은 우물이 생기는 것만 같더라고요. 분명 느꼈어요. 내가 우물이니까 그 안으로 내 몸을 던질 수도 없었죠! 다행이라면 다행인 게, 그녀는 한참 있다 다시 말을 꺼냈죠, 아직 그에게 익숙해지지 않았다는 거예요. 그는 새 사람이었죠. 그 사람이 불쌍해서 큰 소리로 울었어요. 불쌍하고 화가 나서 그를 위해 기도했어요, 나 자신을 위해 기도한 게 아니에요. 아직 삶에서 챙겨야 할 다른 일들이 많이 남아 있다는 걸 알고 있으니까요. 내가 얻고, 사랑하고, 결국 잃어버리게 될 일들이 하나씩 차례대로 닥치겠죠.

그녀는 오늘 밤보다는 그의 비극적 소식을 들었던 날 밤에 훨씬 더 차분했어요. 오늘 밤에는 지붕 위에서 비명을 질렀죠. 어떻게 그런 일이 가능하냐고요? 그녀는 하늘을 올려다보며 소리쳤어요, 어떻게 두 명의 라미가 존재하는 게 가능하냔 말이에요?

이리 와서 앉아요, 내가 말했어요.

언제나 웃고 있는 것 같은 그 표정으로 그녀는 나를 돌아봤어요. 그래요, 그녀가 말했죠, 그 배우가 같은 어머니에게서 태어난 쌍둥이라면 몰라도, 그런 것도 아니잖아요.

지붕 끝으로 걸어간 그녀가 혼잣말처럼 중얼거렸어요. 세상에 라미가 단 한 명이 아니라면, 그가 유일무이한 사람이 아니라면, 죽은 게 아니잖아요. 그가, 그가 유일무이한 사람이 아니라면, 제가 어떻게 그를 애도할 수 있겠어요? 나는 그를 애도해야만 하는데!

그녀는 지붕에 앉아 슬픔으로 흐느꼈어요. 깊은 슬픔이었죠. 야윈 얼굴이 눈물과 땀으로 번들거렸어요. 그녀는 스무 살이에요. 우리는 가만히 있었어요. 잠시 후 나는 빨간 설거지통에 있던 물을 버리고 라몬의 수도로 가서 다시 채운 다음 우리 앞에 갖다 놓았어요.

샌들 벗어 봐요, 내가 말했어요.

선생님이 먼저 하세요, 그녀가 말했죠.

우리 둘 다 넣기에는 작아요.

제가 오른발 넣고 선생님이 왼발 넣어요, 그녀는 그렇게 말하고는 웃음을 멈추고 자기 얼굴에 물을 뿌렸어요.

이게 오늘 밤 당신에게 꼭 해야만 했던 이야기예요.

당신의 A.

배고픔이 사라지는 날, 세상은 지금까지 인류가 전혀 모르고 있던 영적인 폭발을 보게 될 것이다. 언젠가 로르카*가 파이메스에게 했던 말.

* F. G. Lorca(1898-1936). 에스파냐의 시인 · 극작가. 작품으로 시집 『집시 가곡집』, 희곡 『피의 혼례』 등이 있음.

야 누르,

지난주에 알렉시스를 봤어요. 카드놀이를 몇 판 했죠. 그와 내가 짝이었는데 우리가 세 판을 연달아 이겼어요. 와일드 카드가 두 개밖에 없었거든요. 그가 아몬드를 갖다 줬는데, 한번 먹기 시작하니 멈출 수가 없네요. 보급품이 중단된 상태예요. 잘 들어 봐요, 내가 한 입 깨물 거예요, 내 이가 아몬드를 깨무는 소리 들려요?

어렸을 때는 아몬드가 다른 견과류나 과일과는 다르다고 생각했어요, 아몬드는 사람들이 만든 것이 틀림없다고 믿었거든요. 이제 아몬드에는 가용성 단백질이 함유돼 있다는 것도 알고, 다양한 단맛과 구분되는 쓴맛 성분에 시안화수소산이 함유돼 있다는 것도 알죠. 시안화수소산은 금이나 기타 금속을 원석에서 추출할 때 촉매로 쓰이기도 하고, 때로는 체포되었을 때 죽음보다 더 가혹한 운명에서 우리를 구해 주는 작은 약병에 들어가기도 하죠.

물론 하얀 꽃이 예쁜 아몬드 나무도 알고 있어요. 신부의 드레스처럼 하얀색, 그 꽃을 머리에 꽂은 채 결혼하는 장면을 꿈꾸기도 했죠. 지금은 수제 교도소의 강당에서 (그들은 우리의 세번째 신청도 거절했어요) 결혼하는 꿈을 꾼답니다!

아몬드 나무를 알고 나서도, 그것들을 탁자 위에 동그랗게 늘어놓을 때면, 오래전 맨 처음으로 아몬드를 사탕 같은 기호품으로 생각해낸 사람은 분명 여자였을 거라고, 혼자 생각하곤 했죠. 아주 오래전, 그녀는 평범한 여인이 아니라 여신이었어요. 그녀의 행복한 심정에 어울리는 달콤한 음식. 아몬드를 맨 처음 만들어서 맛을 보고, 설탕을 조금 줄이고, 기름을 더하고, 다시 그걸 맛보고, 고개를 끄덕이며 쿠민을 조금 가미하고, 연인이 돌아오면 그 아몬드를 내놓아야겠다고 마음먹는 거죠.

그래서, 그녀가 나무에게 아몬드 제조법을 알려 준 거예요. 최초의 접붙이기였죠, 가지를 잘라서 붙이는 게 아니라 말로 된 접붙이기. 그 다음해 봄 나무는 활짝 꽃을 피웠고, 유월이 되자 지금 내가 먹고 있는 것과 같은 맛의 아몬드를 가득 맺었어요. 훗날 여신의 연인은 배를 타고 나가 영영 돌아오지 않았고, 그녀는 두번째 나무에게 또 아몬드 제조법을 알려 주었어요. 이번엔 쓴맛이 나고 꽃도 좀 더 붉은색이었죠. 산산이 부서진 그녀의 심장에서 떨어진 피가 섞여 있었거든요.

시안화수소산은 진경제(鎭痙劑)이기도 해요. 극단적인 상황에서는 혈압을 낮춰 주는 주사제에 쓰이죠.

알렉시스가 이야기를 하나 해줬어요. 교도소에 있었던 사람들 중 네 명이나 내게 그 이야기를 해준 셈이에요. 전에 이야기해 주었던 세 남자는 맨 처음 소리를 지른 사람이 당신이라고 했어요. 새로 수감된 노인에게 가해진 모욕적 행위에 대한 항의로 수감자들이 소리를 질렀다는 그 사건 말이에요. 교도관들이 그 노인을 당신 옆방에 수감했다죠. 당신이 이야기할 때는 맨 처음 소리를 지른 사람이 노인 본인이었다고 했던 걸로 기억하는데.

익숙하지 않은 환경으로 옮긴다는 게 어떤 건지 알고 있기 때문에, 나는 당신이 그를 위해 소리를 질러 준 거라고 생각해요! 당신은 분명 그랬을 거라고 거의 확신해요. 익숙하지 않은 문이 익숙한 방식으로 닫히고 나서 당신이 목소리를 높이기까지 한두 시간 정도 걸렸겠죠. 그 시간 동안 당신은 그 광경을 마주하고 있어요! 마주하고! 소리 지를 준비를 하면서 그렇게.

어찌 됐든, 노인이 들어간 방 맞은편에 있는 감방의 동료 수감자가 상황을 알아차리고 따라서 소리치기 시작했고, 그렇게 고함 소리가 옆방으로 옆방으로 서두르지 않고 이어져 나가다가, 그 층에 있던 수감자들이 모두 소리치게 되었죠.

그건 평범한 외침이 아니었어요. 알렉시스가 힘주어 말했어요. 사냥개가 짖는 소리 같았죠. 사냥개들은 달려가며 짖잖아요. 나머지 일행들에게 소식을 전하기 위해 짖는 거죠. 테리어 종처럼 그저 자신들의 존재를 알리기 위해 짖어대는 게 아니에요. 사냥개들은 서로의 소리에 귀기울이고, 거기에 반응하고, 흉내 내며 점점 더 사냥감을 포위해 가죠.

교도관들이 소리치고, 위협하고, 문을 두드리기 시작했어요. 곤봉을 꺼내 들고, 경보를 울렸죠. 하지만 아무 효과도 없었어요. 외침은 계속되었고, 그건 교도관들의 소동과는 차원이 다른, 스스로에 대한 확신으로 가득한 차분한 외침이었죠. 한 층 한 층 옮아간 외침이 결국 온 교도소를 채웠어요.

그리고, 어느 순간 외침이 바뀌더니 좀더 깊고 내밀한 소리가 되었어요. 교도관들이 겁을 먹었다는 걸 모두들 알아차렸기 때문에 이제 으르렁거리는 소리로 바뀐 거죠.

교도관들은 모두 평소와 다름없이 안정된 태도를 보였지만, 두려움이 그들의 등을 타고 척추까지 내려가고 있었어요. 자신들이 감당할 수 없는 어떤 힘의 규모 앞에서 점점 작아지고 있었던 거죠. 그 점이 분명해지자, 그들은 위협하는 사람의 수만 놓고 보면 자신들이 소수라는 불변의 사실을 알게 되었어요. 그들은 자신들의 수를 세고 또 세었어요. 황급히 서로를 돌아보며 확신을 얻고 싶어 안달이었죠.

얼마나 오랫동안 그랬던 거예요? 내가 당신에게 물었죠. 당신은 그저 어깨만 으쓱해 보였어요. 당신이 왜 그랬는지도 알 수 있었죠. 당신은 '밤새 그랬어!' 라는 말이 하고 싶었던 거예요. 하지만 그 말을 입 밖에 내는 순간 그건 커다란 과장이 되었을 테고, 동시에, 그건 신의 진실이었을 거예요. 신들도 종종 과장을 하니까!

마침내 당신을 포함한 수감자들 모두 소리 지르기를 —동시에— 멈췄고, 단 한 명도, 심지어 가장 외로웠던 신참도, 이어진 침묵을 깨볼 엄두를 내지 못했죠. 당신들 수감자들은 모두 그 침묵이 그들, 즉 교도관이 아니라 당신들, 소리 질렀던 당신들에게 속한 것임을 즉시 알아차린 거죠. 그랬기 때문에 외침이 밤새 지속되었던 거겠죠!

이 이야기를 다시 하면서, 당신들 모두를 사랑해요, 그리고 당신께 내가 보낼 수 있는 것을 보냅니다.

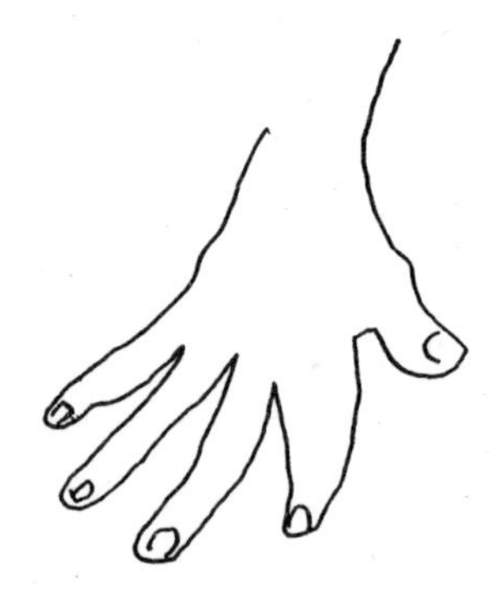

어디든 두고 싶은 곳에 두세요.

당신의
아이다

라디오에서 무소르크스키의 「전람회의 그림」을 들었다. 긴 곡. 삼십 분도 더 되는 것 같다. 곡 중간중간에 침묵이 많이 있다. 일일이 세 보지는 않았다. 전에는 들리지 않았던 그 침묵, 아니, 전에는 귀기울이지 않았던 침묵. 이번에는, 들었다. 다음날 아침, 무라트가 자기도 들었다고 했다. 둘 다 똑같은 인상을 받았다는 것을 확인하고 웃지 않을 수 없었다. 완전히 똑같은 반응이었다.

무소르크스키는 그림 전시회를 돌아보다 영감을 받아 그 곡을 썼다고 한다. 물론 몇몇 곡조는 이미 그의 머릿속에 들어 있었을 것이다.(교도소 도서관에 있는 백과사전에서 그를 찾아봤더니, 그 곡을 쓸 당시 서른다섯 살이었다고 한다. 술과 간질로 사망하기 칠 년 전이었다) 하지만, 전시회를 구경한 후에야 비로소 그는 자신이 필요로 하던 리듬을 얻을 수 있었다.

무라트와 나, 우리 두 사람에게 그 곡의 피아노 연주 부분은 감옥에서 풀려난 후 걸어가는 수감자의 발걸음을 떠올리게 했다. 커다란 감옥으로 들어가는 조그만 문이 그의 뒤에서 닫히고, 그는 거리를 따라 마을을 향해 힘차게 발걸음을 옮긴다.

그는 체포되어 실형을 선고받은 후 보지 못했던 일상생활의 풍경을 구경하고, 음악은 그의 발걸음의 리듬을 따른다. 혹은, 더 정확히 말하면, 피아노 연주 부분의 리듬과 멜로디는 그가 지나가며 구경하는 거리의 모습에 따라 변하지만, 끊임없이 해방의 리듬으로 되돌아온다. 그것이 바로 우리, 아직 안에 수감돼 있는 사람들이, 언젠가, 만약 그런 일이 생긴다면, 감옥에서 풀려났을 때, 마을을 향해 걸음을 옮기는 스스로를 생각하며 그려 보는 모습이다. 다른 수감자들에게도 알려 줘야겠다.

나의 용접공,

터보제트엔진에 관한 책을 한 권 찾았어요. 당신이 입던 재킷 주머니에서요. 재킷은 당신이 동지의 침실이라고 부르던 방의 서까래 위에 있었죠. 북쪽에서 불어오는 외풍을 막기 위해 그걸로 틈을 막았었잖아요.

사하에게 줄 코트를 만들다가 커다란 단추가 필요하던 참에 그 일이 기억나서 가져왔어요. 당신은 카르타고에서 이 책을 구했다고 했죠. 프랑스어로 된 책으로, 크세주* 시리즈 중 한 권 말예요.

시리즈의 제목을 처음 봤을 때 미소를 지었는데, 몇 년이 지나서 봐도 여전히 그러네요. 우리는 우리가 필요로 하는 것들을 모두 알고 있지만 그걸 말로 꼭 맞게 정리할 수는 없잖아요! 우리가 모르는 것, 그리고 앞으로도 영원히 모르고 지낼 것은 다음에 일어날 어떤 일이죠.

책을 집어 들고 당신이 그려 놓은 도형이 있는 페이지를 펼쳤어요. 도형 밑에는 부품 이름을 적은 당신의 손글씨가 있었죠. 그걸 보니 갑자기 연애시를 읽고 있는 듯한 기분이 들었어요. "추진 모터와 익사이터 〉 발전기 〉 연소실 〉 터빈"!

연애시! 그건 길게 지켜온 순결함이 상상력에 주는 것이겠죠!

* Que Sais-Je. '나는 무엇을 아는가' 라는 뜻의 프랑스어.

재킷에서 단추를 떼어냈어요.

당신의

아세틸렌

미 구아포,

어릴 때 깃털들을 모은 적이 있어요. 거의 이백 개 가까이 모았고, 새들의 종류는 스물일곱 가지였죠. 각각의 새 종류마다 봉투를 따로 만들어서 보관했어요. 우리 서로 어린 시절에 대해서는 이야기를 많이 하지 않은 것 같아요, 그렇죠? 그 이야기를 할 수 있기를 바라고 있어요, 인샬라. 사람들은 사랑에 빠지면 어린 시절 이야기를 하곤 하는데 우린 아니었죠, 당신은 그 이유가 뭐라고 생각해요? 알 것 같지만 적당한 단어를 찾을 수가 없네요. 당신이 풀려나면 단어도 생각이 날 것 같아요. 그 깃털들, 새의 깃털들 덕분에 나는 처음으로 천사에 관심이 생겼었죠. 케루빔, 세라핌, 타락천사와 특별한 전령들에 대해 알게 되었어요. 천사들은 위계에 따라 날개 모양도 다르고, 날지 않고 있을 때 날개를 접는 방식도 달라요, 그리고 당연히, 깃털도 다르죠.

어릴 때는 손가락으로 깃털을 쓰다듬으며, 소원을 하나씩 빌었어요. 타르사에 있는 학교에서 약제학을 공부할 때쯤 천사들과 나도 작별했죠. 그 시절엔 뭔가 다른 걸 생각하며 지냈는데, 그때 무슨 생각을 했는지도 언젠가 편지로 알려 줄게요.

오래전에는, 영원함에 가장 가까운 상태는 사랑을 나눈 후 찾아오는 축복받은 느낌이라고 생각하곤 했죠. 하지만 이젠 거리에서 들려오는 희망적인 소문들을 들을 때라고 말하고 싶어요. 거리가 잘 포장되고, 총들은 모두 집안에 곱게 모셔 두고, 아버지들이 자식들에게 산수를 가르치는 그런 미래에 들려올 소문이요.

당신의 아이다

지옥은 돈을 만들어낸 사람들이 고안한 것이고, 그 목적은 가난한 사람들로 하여금 그들이 겪고 있는 고통으로부터 관심을 돌리게 하기 위함이다. 우선 그들의 처지가 더욱 나빠질 수도 있다는 협박을 반복함으로써, 그리고 두번째로는 약속을 통해, 말을 잘 듣고 충직하게 지내면, 다른 삶에서는, 하나님의 왕국에서는, 그들도 지금 이 세상에서 부를 통해 살 수 있는 것과 그 이상의 것까지 즐길 수 있다는 약속을 통해서 말이다.

지옥을 들먹이지 않았다면, 교회의 과시적인 부와 무자비한 권력에 대한 의문이 더욱 공개적으로 제기되었을 것이다. 그것이야말로 복음의 가르침에 명백히 반대되는 것이기 때문이다.

지옥은 축적된 부를 일종의 성스러운 대상으로 만들어 주었다.

오늘날의 시련은 너무나 깊다. 이젠 사후의 지옥을 들먹일 필요도 없다. 제외된 사람들의 지옥이 지금 이곳에 세워지고 있으며, 똑같은 경고를 전한다. 오직 부만이 살아 있는 것을 의미있게 만들어 준다는 경고를.

미 구아포,

포목점이었던 건물 뒤에 있는 사과나무의 앙상한 가지에 작은 새들이 모습을 나타냈어요. 약국을 이리로 이사한 다음, 옮겨온 약들을 풀고 새 순서대로 서랍과 선반에 정리했어요. 바닥 공간은 이전 약국보다 조금 넓어요. 수제 교도소 한 층의 절반 정도는 될 것 같네요. 그런데 문제는 뭐냐 하면, 새 약국이 찾기가 쉽지 않다는 건데, 길이 다 파괴되어 버려서 그래요. 손님들이 문을 열고 들어올 때, 많은 사람들이 휘파람을 불거나 한숨을 내쉬며 이렇게 말하죠. 절대 못 찾을 줄 알았어요! 이제야 알았네, 하나님 감사합니다! 이런, 세상 끝에 계셨네요!

그러면 이델미스는 이렇게 대답해요. 요즘 같은 시절에 누가 세상 한복판에 있고 싶어한다고! 어디가 안 좋아서 오셨어요? 병원엔 가 보셨나요? 아니면 민간 처방을 원하세요? 민간 처방이란 그녀가 사용하는 암호 같은 건데, 옛날식으로 약초를 쓰는 걸 말해요.

그녀는 또 사람들에게, 가능할 때면, 처방전에 적힌 약과는 다른 이름의 복제약도 알려 주죠. 그녀는 그걸 경쟁약이라고 불러요. 경쟁이 무슨 의미냐고요? 거대 제약회사가 다른 회사의 힘을 약화시키기 위해 생산한 약이니까요. 효능은 똑같은데 가격은 좀 싼 겁니다. 너무 비싸지 않으면 이걸 드셔도 돼요.

제약회사에서는 동물들을 위한 약, 특히 애완견용 약도 생산하고 있어요. 애완견용 약의 포장에는 복용법이 분명히 적혀 있는 것은 물론, 맹인 안내견이 아플 때 주인들이 사용할 수 있게 점자로도 표시되어 있죠. 참 사려 깊고, 멀리까지 보는 조치인데… 하지만 휴미라 —다발관절염에 쓰이는 약이에요(한 통 가격이 천 불도 넘죠)— 같은 약의 포장지에는 복용법과 부작용에 대한 주의점이 아주 자세하게 적혀 있지만, 그 약을 살 수 있는 돈을 어떻게 하면 구하거나 훔칠 수 있는지에 대해서는 한마디도 없거든요. 물론 복제약 이름도 알려 주지 않죠!

이델미스는 걱정했던 것보다는 이사 후의 혼란에 잘 적응하고 있어요. 효능에 따라 약을 정리해 보자는 내 생각이 그녀에게 일종의 도전과 자극이 되었던 것 같아요. 신참에게는 쉽지 않은 일이었겠지만, 그녀는 노련했기 때문에 가게 전체가 항해를 안내할 지도라도 되는 듯 큰 걸음으로 둘러보았죠 —마치 함교 위를 돌아다니는 선장 같았어요. 선장 모자라도 하나 사 줄까 봐요! 그녀는 오 초 만에 류머티즘 대륙에서 호르몬의 강이 흐르는 내분비계 대륙으로 이동했어요. 그 사이에 있는 어떤 작은 섬에도 금방 다가갈 수 있죠— 예를 들면 비스테로이드성 항염제 같은 섬 말이에요. 나 자신도 모르는 사이에 내가 그녀에게 한 척의 배를 선물한 셈이 되었네요! 카운터에서 손님을 맞이하지 않을 때 그녀가 앉아서 책을 읽곤 하는 탁자와 의자는 목소리 해협, 즉 이비인후과 약들 앞에 두었네요. 나는 약국 냉장고에 아이스크림(레몬, 망고, 레드 커런트, 오렌지)을 넣어 두고 매일 오후 여섯시에 하나씩 그녀에게 건네죠. 그녀는 문에 기대어 서서 버려진 땅 건너편의 아이스크림 공장을 바라보며 그걸 먹어요. 그런 규칙적인 일상이 도움이 되죠.

다시 사과나무의 앙상한 가지에 앉은 새 이야기로 돌아올까요. 오늘 아침 약국 문을 열기 전부터 그 나무를 바라보고 있었어요. 그리고 일주일 전 마을을 아수라장으로 만들었던 미사일을 떠올렸죠. 다른 피해들보다도, 이발사 가산의 집이 완전히 파괴되어 버렸어요.

새들이 하나둘 모습을 나타냈어요. 새들이 나무에 날아와 앉았다는 뜻이 아니라, 기도처럼 나뭇가지에 모습을 나타냈다는 말이에요. 가산의 집이 미사일에 파괴됐어요. 조준 사격이었는데, 그들은 그곳이 범죄자들의 은신처라고 주장하고 있죠! 사과나무에 자리를 잡은 새들이 마치 대답처럼 느껴졌어요. 말해지지 않은 질문에 대한 대답. 그 새들을 바라보다, 결국 울음을 터뜨리고 말았어요.

집이 미사일에 파괴될 때 가산은 거기에 없었어요. 시장에서 친구들과 카드놀이를 하던 중이었죠. 소식을 듣고 그 자리에서 무너지듯 쓰러진 그는 바닥에 엎드린 채, 아무 소리도 내지 않았다고 하네요.

다음날 그와 함께 폐허가 된 집터에 가 봤어요. 미사일이 떨어진 자리에는 모든 게 먼지가 되어 버렸고, 그 주변에 파편들이 흩어져 있었어요. 파이프와 전선을 제외하고는 아무것도 알아볼 수 없었죠. 일생 동안 한데 모여 있던 모든 것들이 아무 흔적도 없이 사라져 버리고, 이름을 잃어버린 거예요. 정신이 아니라 손에 잡히는 것들의 기억상실증.

그는 몇 백 미터를 걸어 오래전부터 폐허가 된 채 버려져 있던 다른 구역들 중 한곳으로 갔어요. 그래도 거기엔 유리는 없지만 창틀은 그대로였고, 다리 두 개가 없어졌을망정 의자도 그대로 의자였죠. 그곳 헛간에서 그는 자신이 찾던 것—바로 빗자루였어요—을 발견했어요.

우리는 며칠 전까지 그의 집이었던 곳으로 돌아왔고, 그는 비질을 시작했어요. 그의 발 아래가 아닌 먼 곳을 바라보며 말이죠. 나는 본능적으로 그냥 내버려둬야겠다고, 그 순간만큼은 그를 몽유병 환자처럼 대해야 한다고 생각했죠. 그런 상태가 얼마나 오래 지속될지는 몰랐어요. 한 남자의 일생을 감당해야 하는 시간이었죠.

그는 발을 떼지 않은 채 계속 같은 곳만 쓸었어요. 마침내 비질을 멈춘 그가 나를 돌아보며 이렇게 말했어요. 손님 이발을 마칠 때마다 매번 바닥을 쓸었어요. 이발사가 지켜야 할 직업상의 제일원칙 중 하나니까.

그의 팔을 잡아 주었어요. 그는 여전히 빗자루를 쥐고 있었고요. 그에게 쥐오줌풀*을 좀 줘야 하는 걸까, 속으로 생각했어요. 그의 절망을 마주한 나의 직업적 반응이었죠. 우리의 직업이란 얼마나 사소한지!

접히듯 내리는 어둠의 시간에는 어쩌면 희미하게 전해지는 우리 손끝의 느낌 이외엔 아무것도 없는 것일지도 몰라요.

그리고 우리의 행동과.

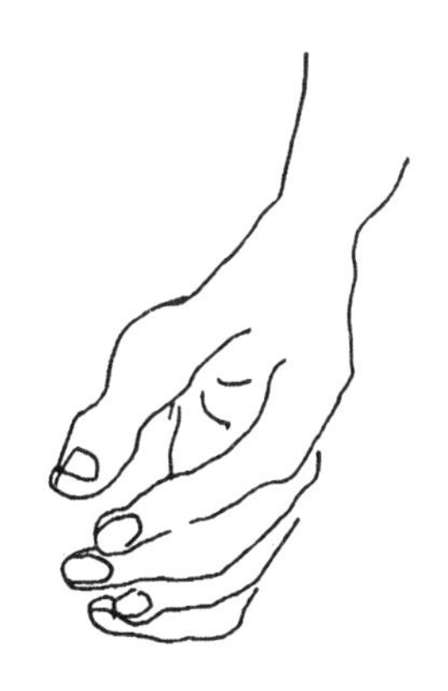

당신의 아이다

* 전통적으로 안정제로 쓰이고 있는 약초.

꿈을 꿨다. 우주가 한 권의 책처럼 펼쳐졌다. 나는 그 책을 들여다보았다.
오른쪽 페이지 맨 윗부분 모서리가 표시를 해 두기 위해 접혀 있었다.
그렇게 접힌 작은 삼각형에 구체성의 비밀이 적혀 있었다.
그 비밀은 프랙털 도형처럼 우아하고 완전무결했다.

꿈속에서 그 문장 덕분에 다시 확신을 얻은 나는, 너무 행복해서,
받아적을 생각도 하지 못했다.

하야티,

그 일은 두 번 일어났어요. 어제가 바로 두번째였죠. 쿠아르트로 가려고 토라 고갯길을 지나요. 길의 제일 높은 지점에서 걸음을 멈추죠. 전망이 너무 사랑스럽고 —구릉들이 마치 누군가 일어나 뛰쳐나간 직후의 침대 시트처럼 보여요— 그리고 종종 당신과 함께 그곳에 멈춰 서곤 했기 때문이에요. 왼쪽으로 문이 닫히지 않은 석조 건물 한 채가 서 있고, 그 너머로 염소들이 있는 작은 목장과 빨래가 널린 빨랫줄이 보여요. 빨래를 볼 때 아이들이 몇 명 있을 것 같지만, 단 한 명도 보이지는 않아요. 빈 석조 건물 옆에서 구릉을 가로질러 멀리 있는 강을 바라보고 있는데, 개 한 마리가 내게 다가오는 거예요. 테리어만한, 사람을 잘 따르는 녀석이죠. 내 손에 코를 대고 킁킁거리며 거품기로 휘젓듯 꼬리를 뱅글뱅글 돌려요. 어느 순간 녀석은 내가 듣지 못하는 어떤 소리를 듣고는 건물을 돌아 달려가요. 그런 일이 몇 번 반복되다, 녀석이 사라지죠. 차로 돌아오는 길에 문 안쪽을 훑어봐요. 거기 녀석이 있어요, 암캐와 미친 듯이 짝짓기를 하는 중이죠. 암캐는 녀석보다 털이 좀더 하얗고 몸집도 커요. 나는 지켜봐요. 아무것도 녀석을 멈추게 할 수 없으니까, 녀석이 바다를 만날 때까지 멈추지 않는 물 같다고 생각해요. 그런 다음 올 때보다 기분이 좋아져서 차를 출발시키죠.

어제 —그 사이 십사 개월이 흘렀네요— 같은 길을 가다 같은 장소에서 멈춰요. 그리고 믿을 수 없겠지만, 그때 그 개가 거기 있는 거예요! 녀석도 나를 알아본 것 같았죠. 나는 작은 표석에 앉죠. 녀석은 내 발치에 자리를 잡고 앉아 꼬리로 땅을 쳐요. 잠시 후 녀석이 일어나 그곳을 떠나죠. 나는 구릉을 가로질러 멀리 있는 강을 바라봐요. 구름도 봐요. 그리고 그 순간 갑자기 어떤 예감이 퍼뜩 스치죠. 다음에 어떤 일이 일어날지 알아요. 아주 확실하게 알죠. 나는 마치 그 일이 내 쪽에서 의도적으로 선택한 결과라도 되는 것처럼 아는 거예요.

난 일어나요. 빨래가 널린 농장의 주택 쪽으로 걸어가죠. 바위들이 많은 언덕을 내려가면, 두 표석 사이의 잡초더미에서 그 개가 짝짓기를 하고 있어요. 그때와 똑같은 암캐는 아니네요—이번 암캐는 털이 더 짙고 몸집도 작아요. 암캐의 입에서 기쁨에 겨운 짖는 소리가 나와요.

나는 몸을 떨며 황급히 차가 있는 곳으로 돌아오죠. 운전석에 앉아 이마를 핸들에 기댄 채 울어요. 나는 울어요. 울다 잠이 들죠. 얼마나 오랫동안 잠이 들었는지는 몰라요. 지나가는 트럭 소리에 잠이 깨요….

(보내지 않은 편지)

이델미스의 탁자에 앉아 있어요. 오늘은 응급상황에 찾아올 사람들을 위해 자정까지 약국을 열어 두기로 했죠. 아주 조용하네요. 방금 아이스크림 공장에서 트럭이 나왔어요. 당신은 교도관을 따라 당신의 감방으로 돌아갔겠죠. 자리에서 일어나 문 쪽으로 가 밤하늘을 보려고 문을 활짝 열었어요. 어쩌면 당신이 책들을 쌓고 올라가 같은 일을 하는 바로 그 시간에 내가 이러고 있는지도 모른다는 생각이 들었어요. 밤하늘이 우리에게 주는 건 뭘까 자문해 봐요. 약속은 아닌 것 같아요, 그것보단 좀더 급박한 것이겠죠. 또렷한 의식 같은 것? 당신이 깊이 잠들었으면 해요. 아주 춥네요.

커피를 끓이는데 문이 열리며 종소리가 들렸어요. 모르는 노인 한 명이 들어왔죠. 아내가 모닥불을 피워 놓고 요리를 하다 화상을 입었다고 했어요. 급히 달려왔는지 숨을 헐떡였죠. 언제요? 내가 물었어요. 한 시간 정도 전에요, 그가 대답했어요, 이웃이 차로 데려다 줬습니다.

부인께서 어디에 화상을 입으셨죠?

오른손과 얼굴에.

얼굴이요?

네, 감자가 익었는지 확인하기 위해 포크를 들고 몸을 숙이고 있었거든요.

피부가 벗겨졌나요?

아니요, 빨개지고 물집이 생겼어요.

그 말을 할 때, 그는 인상을 찌푸렸어요.

즉시 찬물로 씻어 주셨어요?

손은 물에 담그고 얼굴에는 물에 적신 수건을 대 주었는데요.

찬물, 찬물, 나는 반복해 말했어요, 찬물이 좋아요.

그는 차를 타고 왔다고 했지만 머릿속으로는 달려왔던 거예요 — 그래서 숨을 헐떡였죠— 아주 빨리 닥쳐서 예상치 못하게 자신의 아내를 괴롭히고 있는 화상의 속도를 따라잡기 위해서 말이에요.

손이 제일 심한데, 어떻게 하면 될까요?

일단 통증을 줄여 주는 스프레이(은색 아황산가스)랑, 손을 감쌀 거즈, 살균제(리도카인)를 드릴게요. 집에 돌아가시면 바로 다른 조치를 취하셔야 해요, 내가 말했어요, 바늘로 부인께서 화상을 입은 자리를 찔러 보세요. 물집을 건드리지는 마시고요. 부인께서 통증을 느끼시면, 좋은 신호에요, 그럼 제일 좋죠, 상처가 깊지 않다는 뜻이니까요. 부인께서 통증을 느끼지 못한다면 가능한 한 빨리 병원에 모시고 가셔야 해요.

그런 일은 없어야 할 텐데.

아마 없을 거예요.

노인이 옷깃을 세우고 스카프를 두른 채 떠날 때, 그는 좀더 안정된 호흡으로 천천히 이웃의 차로 걸어갔어요, 마치 그 순간은 자신이 화상보다 앞서 있다는 듯이.

여기 앉아 당신에게 편지를 쓰는 나는 각종 추출액, 조제약, 약초, 치료제, 독약들에 둘러싸여 있어요. 약들의 포장지에는 어떤 용도에 어떻게 사용해야 하는지가 정확하게 적혀 있는데, 모두 고통을 줄여 주기 위한 목적으로 만들어진 것들이죠. 하지만 줄이고 싶지 않은 고통도 있어요! 이런 생각 역시 밤하늘이 우리에게 상기시키는 또 다른 무엇이겠죠.

베라의 장례식에는 백여 명이 모였어요. 성녀 베라. 그녀를 기리는 많은 애도사가 있었고, 그녀의 부모님은 놀라면서도 자랑스러워했죠. 그녀의 몸은 이미 정화되었기 때문에 옷을 입은 채로 묻어도 될 것 같았어요. 우리들 중 몇 사람이 그녀가 누울 무덤 옆에 놓인 흙으로 얼굴을 닦았어요. 아무도 울지 않았죠.

장례식을 마치고는 이싸의 집에서 베라 이야기를 했어요. 아무 말이 없을 때도 우린 그녀 이야기를 하고 있는 거였죠. 죽은 이들에 대해선 침묵으로도 말할 수 있어요, 아마 죽은 이들도 그런 침묵의 대화를 더 편안해 할 거예요. 베라는 죽었고, 사라져 버렸죠. 그런 사라짐에 대비할 수 있게 해주는 건 아무것도 없어요.

우리는 둥글게 모여 앉았고, 그 중심에 베라의 사라짐이 있었어요. 그렇게 기하학적인 모양새였죠. 그녀의 무덤에서 온 지 세 시간밖에 되지 않았지만, 마치 석 달은 된 것 같았어요. 아주 작은 일까지 생생하게 기억이 났는데, 간단히 말하면, 그 세 시간 동안 너무 많은 일이 일어났던 거죠. 거의 매 순간 우리들 중 누군가는 사라져버린 것, 그녀와 함께 사라져버린 것을 새로 떠올렸고, 그에 대해 앞으로 우리가 의지할 사람 역시 우리밖에 없었어요. 그게 우리가 둥글게 모여 앉아야만 했던 이유였죠.

편지를 쓰는 동안 뭔가 문을 가볍게 두드리는 소리가 나고, 이어서 긁는 소리가 들렸어요. 아마 개였겠죠. 일어나서 소리쳤죠. 거기 누구 있어요? 바보 같은 질문이었어요. 누구세요, 라고 물었어야 했는데.

제가 아파요!, 누군가 대답했어요. 문을 열었죠. 모르는 젊은이

한 명이 서 있었어요. 깡마른 몸에, 코트 어깨엔 흙이 묻어 있었죠. 짧게 자른 머리에도 흙이 조금 묻어 있었는데, 어디서 넘어진 것처럼 보였죠.

나를 보자마자 그는 화가 난 듯 소리쳤어요. 왜 문을 두드려도 안 열어 주신 거죠? 몇 시간이나 기다렸단 말이에요! 이 추운 데서 몇 시간이나 기다렸는데. 남자는 소리를 지를수록 더 화가 나는 것 같았어요. 당신은 그 흰색 가운을 입을 자격도 없어요! 그가 나에게 소리쳤어요. 그리고 황급히 약국 안으로 들어왔죠.

나는 상처를 가까이 보기 위해 무릎을 꿇고 앉았어요. 아마 부상을 당했을 거라고 생각했죠. 그는 내 눈을 들여다보며 당뇨!, 라고 속삭이고 그대로 기절해 버렸어요. 그의 뺨을 때려 보았지만 깨어나지 않았어요. 혈당이 너무 높거나 낮았던 걸까요? 고혈압 혹은 저혈압? 인슐린을 주사해야 할지 당분을 줘야 할지 결정해야만 했어요. 그가 이성을 잃고 화를 냈던 걸 떠올리고는 아마 후자일 거라고 판단했죠. 정말 저혈압으로 힘들어 하고 있다면 서둘러야 했어요. 일분일초가 다급한 상황이었죠.

큰 컵에 따뜻한 물을 반 정도 받아서 설탕 다섯 덩이를 넣고 녹을 때까지 빨리 저었어요. 그런 다음 그의 머리를 들어 천천히 입을 벌리며 기도했죠. 자세를 바꿔 거의 머리를 내 무릎에 놓고 목울대를 문질러 주었어요. 그가 설탕물을 들이켰죠. 한 번, 두 번, 세 번.

열린 문틈으로 별들을 바라보다, 그 순간만큼은 목숨이 설탕에 달려 있음을, 다른 그 무엇도 아니라, 설탕임을 인정했죠! 그가 눈을 떴어요.

몇 분 후 그가 다시 일어났어요. 자신이 버스에서 내던져졌고, 가방도 잃어버렸다고 했죠. 그가 더 이상 말하고 싶어하지 않는 것 같아서, 나도 더 물어보지 않았어요.

피 검사를 한 번 해 볼까요? 내가 물었어요. 그는 주머니에서 지폐 뭉치를 꺼내더니 인슐린과 혈당측정기를 사고 싶다고 했어요.

말한 것들을 갖다 주자, 그는 자신의 손가락 끝을 조심스럽게 찔러 BM 스틱 위에 피를 한 방울 떨어뜨렸어요. 스틱 위의 작은 동그라미, 무당벌레만한 그 동그라미가 무슨 색으로 바뀌는지 둘이 함께 지켜봤죠. 놀랍게도 거의 흰색에 가까운 색으로 변했어요. 혈당은 정상이었어요.

선생님한테 고맙다는 말씀을 드려야겠네요, 그가 말했어요. 외국인 말투였지만, 이번에도 물어보지는 않았어요.

그는 모든 말이나 행동을, 머뭇거리며 정확하게 하려고 했어요. 마치 공개적으로 대담하게 하는 말과 행동은 모두 잘못되기 마련이라고 배운 사람처럼 말이죠.

문밖까지 따라 나와 공터를 지나가는 그의 모습을 지켜봤어요. 그는 살아남는 것 이외엔 아무것에도 관심이 없는 사람처럼 뒤도 돌아보지 않고 걸어갔죠.

다시 좀 전에 ―젊은이가 나타나기 전에― 하던 이야기를 하자면, 이싸의 집에서 우리는 둥글게 모여 앉아 베라의 목소리며, 그녀의 귀걸이, 마치 꽃다발 들듯 총을 들던 그녀만의 모습, 그녀의 웃음, 조바심을 느낄 때면 숱이 많은 자신의 머리를 쥐어뜯던 모습, 그녀의 편두통, 그녀가 좋아했던 파인애플 등을 다시 떠올렸어요. 그리고 결국엔 모두들 말이 없었죠. 그렇게 오랜 시간 앉아 있었어요.

그 침묵을 깬 건 이싸였어요. 이제 곧 우리는, 그가 말했어요, 함께든 아니면 혼자서든, 여러 곳에 가게 되겠죠, 그게 어디든 베라는 이미 거기 가 있을 거예요! 그리고 매번 그녀는 우리가 알아보기 전에 그곳을 떠나겠죠, 우리가 아무리 일찍 도착한다 해도 말이에요!

이싸의 말을 듣고, 나는 울었어요. 몇 시간을 계속 울었죠.

언젠가 들었던 속담 하나가 결혼식 서약보다도 더 큰 인상을 남겼어요. 어느 지역 속담인지는 몰라요. 강 이야기가 나오는 걸로 봐서 아마 (이 부분은 잉크가 번져 단어를 알아볼 수 없다…) 지역이겠죠. '강을 거슬러 올라가면, 꽃 한 송이를 꺾어 주세요, 당신이 나보다 먼저 죽으면, 그냥 무덤 앞에서 기다려 주세요' 라는 속담.

그게 오늘 밤 당신에게 해야만 하는 말이에요, 미 카나딤… 당신이 강을 거슬러 올라가면… 나는 여기서 이 편지를 마치고 머지않아 새벽이 찾아오겠죠. 이제 약국 문을 닫고, 걸어서 집으로 돌아갈 거예요. 머리 위의 차가운 하늘도 곧 바뀌겠죠.

당신의

아이다

"오직 권력을 가진 자들에게만 역사는 상승하는 움직임이었고, 그들의 오늘은 항상 최고의 정점이었다. 밑에 있는 사람들에게, 역사는 돌아보거나 미리 내다봤을 때만 답을 알 수 있는 질문이었고, 그를 통해 새로운 질문을 제기하게 한다…."

마르코스*.

* Marcos. 멕시코의 반군 단체인 사파티스타 민족해방군(EZLN)의 부사령관이자 실질적인 지도자로서, 베일에 가려진 인물.

나의 용접공,

옛날엔 고양이를 기르는 친구들은 좀 게으르고 하찮은 속물들이라고 생각했어요. 고양이를 침대 밑에 재우는 것보다는 차라리 다른 무엇을, 아주 다른 뭔가를 베개 밑에 —우리 베개 밑에!— 두고 자는 게 낫겠다고 생각했죠.

물론 나도 고양이를 보면 쓰다듬어 주고, 녀석들의 그르렁거리는 소리를 듣기 좋아하죠. 녀석들은 목숨이 아홉 개라서 우리 증조할머니 때부터 음식을 얻어먹고 다녔다는 것도 물론 알고 있어요. 하지만 요즘은 고양이를 위한 자리는 없다고 혼자 생각했어요. 시간이 아니라 자리가 없다는 건, 고양이들은 눈에 띄지 않게 시간 속으로 스며들 수 있기 때문이죠. 하지만 장소는 아니에요.

그런데 열흘째 —어쩌면 이 주인지도 모르겠어요— 흰색 고양이 한 마리를 데리고 있어요. 어떻게 된 건가 하면, 웨다드가 바다 건너에 다녀올 일이 생겨서 (이유를 말하자면 너무 길어질 테니까 나중에 우리 아이들이 모래성을 쌓는 것을 지켜보며 함께 바닷가에 앉아서 이야기해 줄게요) 나에게 코잉을 맡아줄 수 있냐고 부탁했거든요.

사흘 후에 돌아올 거예요, 그렇게 오래 걸리진 않을 테니까, 웨다드는 말했죠. 나는 그러겠다고 대답했는데, 이젠 그녀가 돌아올 수 있는 방법은 없는 것 같아요.

문을 열자마자 코잉이 그 앞에 앉아 있어요. 녀석은 집안 구석구석 나를 따라다녀요. 소파 겸 침대에선 내 옆에 누워 함께 잠이 들죠. 긴장이 풀렸을 때는 몇 시간 동안 자기 몸을 깨끗이 핥아요. 더러운 고양이는 술 취한 사람이나 다름없다고, 우리 이모가 말하곤 했죠. 녀석은 나와 함께 사는 법을 익히고 있어요. 밤이면 내가 불을 끌 때까지 기다렸다가 침대에 올라오는데, 그 전엔 절대 안 올라와요. 음식을 담는 그릇을 바닥에 내려놓으면 냄새만 맡아 보고는 보란 듯이 기다리죠. 탁자에 올라와 앉으라고, 먹어도 좋다고 말해 주기를 기다리는 거예요. 그리고 그렇게 말하기 전에 내가 어떤 동작을 하는지도 알고 있어요. 자리에서 일어나 수돗물을 한 잔 마시는 게 신호죠.

자기 몸을 깨끗이 하는 데에도 녀석만의 특별한 방식이 있어요. 먼저 하얀 앞발을 들고는 반짝반짝 윤이 날 때까지 쉬지 않고 핥은 다음, 고개를 옆으로 돌려 목과 어깨를 차례대로 앞발에 대고 문지르는 거죠. 그 동안 치켜든 앞발은 조금도 움직이지 않으면서 말이에요. 그 앞발은 말을 매어 두는 말뚝처럼 늘 거기에 있는 거예요. 한쪽을 마치면 다른 쪽 앞발을 치켜들고, 역시 그 발은 조금도 움직이지 않은 채 똑같은 동작을 반복해요. 나는 가만히 지켜봐요. 내가 무얼 지켜보는지 알아요? 나는 거친 혀로 자신을 깔끔히 단장하는 당신의 부재를 보는 거예요.

어제 카드놀이를 했어요. 여덟 명이서요. 마지막 판에서 빨간색 3이 버린 카드 뭉치의 맨 앞에 나오면서, 그대로 게임이 중지되고 우리가 이겼어요.

아이다

거의 두 달째 그들이 편지를 압수하고 있다. 오늘 오후에 작업장에서 두리토가 자신의 감방 벽에 붙어 있던 복제화를 주었다. 그녀의 편지가 다시 들어올 때까지 자네가 가지고 있어, 그가 말했다, 언젠가는 다시 들어오겠지. 오늘 밤 그 그림은 내 방의 거울과 오스트레일리아 지도 사이에 붙어 있다. 한밤에 감옥에 면회를 온 여인을 그린 조르주 드 라 투르*의 그림. 죄수는 자신의 감방 안에 앉아 있고 여인은 서 있다. 그녀가 오른손으로 들고 있는 촛불의 빛으로 두 사람은 서로를 알아본다. 서로의 소식이 너무 궁금한 두 사람은 미소를 지을 생각도 못 하고 있다. 여인은 왼손으로 막 자신의 머리를 정리한 직후의 모습이다.

* Georges de La Tour(1593-1652). 프랑스의 화가.

오늘 당신께 보내는 것으로, 당신을 내 입속에 담고 싶어요.

당신과 나는 함께 뽕나무를 지나 언덕길을 내려가고 있어요. 날씨는 온종일 덥고, 하얀 구름이 낮고 친숙하게 떠 있어요. 방금 우리 왼쪽으로 신발이나 가방 그리고 전등갓—이걸 볼 때마다 우린 웃음을 터뜨렸는데—을 파는 가게를 지나쳤어요. 오십 미터쯤 더 걸어가면 새로 문을 연 식료품점이 나타나죠. 새로 생긴 건 알고 있었지만 한 번도 가서 물건을 사 본 적은 없어요. 자기 이름이 가르시아라고 소개한 남자가 주인이죠. 가게는 주름진 지붕을 얹은 작은 건물인데, 살림은 다른 곳에서 한대요. 우리는 가게 안으로 들어가요. 그 가게는 주로 스페인에서 직수입한 식료품을 취급해요. 예를 들면 흰콩 같은 것 말이에요. 흰콩이 가득 든 상자가 있어요. 당신은 콩 더미에 손을 집어넣죠, 흰색 흉터가 있는 팔목까지 넣었다가 손을 들어, 손가락 틈으로 콩을 흘리죠. 콩은 자기 구슬처럼 윤기가 나네요. 말린 대구. 살라도. 끈으로 한데 묶어 놓은 붉은 양파도 있어요.

가게 주인이 우리를 지켜봐요. 우리는 상품을 살펴보고, 그는 우리를 살펴보고, 우리는 미소를 띤 채 계속하죠. 그는 육십대 후반으로 보이는데, 얼굴이 둥글고, 두꺼운 안경을 썼어요. 나는 그에게 어떻게 스페인에서 직접 물건을 가져올 수 있냐고 물어봐요. 우리 어머니가 세비야에 사십니다. 그의 대답에 나는 그 어머니의 나이를 생각해 보고 많이 놀라요. 어머니가 물건을 사 주시죠, 그가 설명해요, 그리고 운송 방법도 다 어머니가 알아서 해주시고요.

당신은 이미 가게 밖으로 나가 동쪽으로 솟아 있는 구릉들에 가젤이 보이지는 않는지 살피며 담배에 불을 붙여요.

선생님 어머니는 여기에 와 보신 적이 있나요? 내가 물어요. 연세가 많으셔서 그런 장거리 여행은 못 하십니다, 그가 말해요, 하지만 물건을 정말 잘 고르시죠. 두꺼운 안경 때문에 그의 눈이 조금 이상해 보여요, 두 눈이 가까이 있는 것 같기도 하고 멀리 떨어져 있는 것 같기도 한 것이, 마치 서로 다른 두 대상을 —무엇이든 그의 앞에 있는 것, 그리고 동시에, 그 대상을 나타내는 단어 혹은 단어들을— 동시에 바라보고 있는 것 같아요. 어머니가 안 계시면 저 혼자서는 꾸려 나갈 수가 없어요, 그가 계속 말해요, 여자들은 나이가 들면서 —당신도 알아차리셨나요?— 젊었을 때보다 훨씬 덜 잊어버리죠, 그런 점에서는 남자와 정반대입니다, 남자들은 나이가 들수록 점점 더 잊어버리게 되는데 말이에요. 나만 해도 우리 어머니보다 기억력이 안 좋아요… 뭐 자연스러운 일이죠.

그의 말에 동의하지 못한 나는, 지금도 기억력이 아주 좋다고 말해요!

그는 내가 더 이상 젊다고 할 수 없는 나이임을 정중하게 알려 주려는 듯 손바닥을 펼쳐 보여요.

미 구아포, 우리 몇 살이에요? 나이를 너무 자주 먹어요. 당신 기억력이 내 기억력보다 먼저 나빠질까요? 어쨌든 당신을 내 입속에 담기 위해 필요한 건 이게 전부예요.

이제 그가 다른 이야기로 나를 놀라게 해요. 기억력을 키우고 유지하는 데는 감옥만한 데가 없다고 그가 중얼거려요. 직접 겪어 보셨어요? 내가 조용히 물어봐요. 대답 대신, 그는 약국을 옮기고 나서 장사가 어떠냐고 물어봐요. 나에 대해 어느 정도 알고 있다는 걸 암시하려는 거죠. 하지만 그런 얼버무리는 듯한 태도, 그게 바로 전형적인 출소자의 모습이잖아요.

그를 유심히 살펴보면 즉시 그 눈의 비밀을 알 수 있어요. 그는 앞이 거의 보이지 않는 거예요. 확실해요.

이게 뭔지 아세요? 그가 물어요. 라 비블리아, 뭐죠? 세비야에서 만든 겁니다. 그는 파란색, 빨간색, 흰색의 얇은 종이에 싼 비스킷을 들고 있었어요. 라 비블리아, 그가 다시 한번 말해요. 성경이라는 뜻이죠, 하늘에서 사막 한가운데로 떨어진 만나* 같은 거니까요. 아몬드로 만든 만나, 세상에서 가장 맛있는 비스킷입니다.

그는 비블리아 오백 그램을 저울에 달아 본 후, 종이봉투에 담아서 내게 건네요. 손에 저울을 들고 눈금의 위치는 손가락으로 확인했죠. 눈은 사용하지 않았어요. 나는 물러서며 거절해요.

선물을 거절하면 안 되는 겁니다, 그가 다시 권해요, 제가 그냥 드리는 거예요.

왜 저한테?

이유는 잊어버렸네요, 그가 말해요, 당신도 잊어버리겠죠, 뭐 다음에 우리 어머니한테 물어봅시다.

나는 비스킷 봉투를 받아 들고 내가 고른 양파 값만 내요.

당신은 가게 밖 길에 있지 않아요, 처음부터 없었으니까. 당신은 당신의 73호 감방에 있어요.

그러니까 나는 혼자서 언덕길을 걷는 거예요. 당신이 이 이야기

* 이스라엘 사람들이 하늘에서 받았다는 양식.

를 어떻게 받아들일까 생각하면서 말이에요. 비스킷에 대해서는 까맣게 잊은 채.

집에 돌아와서 차를 타려고 물을 끓일 때 비스킷이 기억나요. 하나를 까 보죠. 타원형 모양에 구운 빵 색깔이고, 크기는 혀만해요. 나의 혹은 당신의 혀. 폴보론 아르테사노 데 알멘드라*. 은은한 계피향 첨가. 한 개당 무게는 삼십이 그램. 우리 둘을 위해 한 입 먹어 보죠. 구운 밀가루와 으깬 아몬드, 단맛과 약간의 기름기가 느껴지고, 위에는 줄무늬를 넣었어요. 덩어리는 입천장에 달라붙고, 아래쪽, 그러니까 바닥, 우리의 혀에는 구운 너트 조각들이 있어 씹는 맛도 느낄 수 있네요.

비블리아를 씹는 건 우리 머리 위에 아몬드로 만든 담요를 덮어 모래와 비와 바람을, 혹은 감시탑에서 비추는 탐조등을 피하는 것과 비슷해요.

그가 비스킷 열두 개를 줬어요. 내가 여섯 개를 먹고, 전해질지 모르겠지만, 당신에게도 여섯 개 보내요. 만약 받지 못하더라도, 내가 당신을 내 입속에 담아 두었다는 걸 기억하세요.

A.

지난주에 수제에 갔어요. 당신이 외출하면 걷게 될 그 가로등 아래에 서 있었죠. 감시탑과 철조망만 빼고 모든 것이 부서진 것처럼 보였어요. 모든 것이 임시로 만들어 놓은 것처럼 보였죠.

* '아몬드가 든 장인(匠人)의 폴보론' 이란 뜻의 스페인어.

모든 약탈자들은 그들이 방금 도착했다는 것을 사람들이 잊어버리게 하기 위해 최선을 다한다.

하늘을 보기 위해 침대 위에 올라간다. 하늘을 보면 내가 잠시 잊고 있었을지도 모르는 것을 떠올리게 된다. 예를 들어, 오늘날 금융 투기의 대상이 되는 사모펀드의 총액은 전 세계 국가들의 국민총생산을 모두 합한 것보다 스무 배나 크다!

바람, 구름 옆으로 보일 듯이 부드럽게 부는 바람만으로도, 그런 환상들이 바닥나고 있다는 것을 암시하기에 충분하다.

세번째 편지 뭉치

편지 뭉치를 묶은, 면으로 된 천 조각에는 다음의 두 단어가 희미하게 적혀 있다.

집 땅

하비비,

처방전을 들고 약국에 들어올 때, 사람들은 어떤 종류의 질서를 바라죠. 모든 불평은 혼란이니까. 약국에서는 숫자와 산수가 학교 칠판에 적혔을 때처럼, 다시 한번 빈틈을 허용치 않는 깔끔함을 대변하게 돼요.

한 번에 몇 알씩 먹어야 하죠? 하루에 몇 번 먹는 건가요? 식사와 함께요? 식사하기 얼마 전에, 아니면 식사 후 얼마나 있다가 먹어야 하는 거죠? 몇 번씩이나 차근차근 대답해 주고, 약을 담은 봉투에 볼펜으로 적어 주기도 하죠. 사람들이 약국을 나가며 다시 숫자를 웅얼거리는 소리를 들어요. 일어나서 두 알, 점심 식사와 함께 세 알, 잠자리에 들기 전에 두 알, 마치 무슨 전화번호라도 되는 듯 반복하며 외우죠. 그런 식으로, 내 사랑, 뜻밖의 침묵이 가까이 오지 못하게 막는 거죠.

모르는 남자 한 명이 약국 뒷문 주변을 어슬렁거리고 있었어요. 손으로 뜬 긴 스카프를 머리에 두르고 있었죠. 육십대 정도였고요. 뭐 필요한 거 있으세요? 내가 물었어요. 당신과 당신의 일이 모두 잘되기를 바랍니다, 그가 대답했죠. 판지 상자 있으면 좀 주세요! 크기는요? 아무거나, 다 주세요. 그가 대답했죠. 그걸로 가구를 만들어 쓰시게요? 그가 고개를 가로저었어요, 처음으로 미소를 지으며. 불 피우시게요? 나는 이야기꾼입니다, 그가 말했어요. 얼마나 있나 보고 올게요, 내가 말했어요. 커다란 상자 안에 작은 상자들을 담아서 다시 나왔죠. 고맙습니다. 이제 그걸로 뭐 하실 거예요? 먼저 공기가 통할 수 있게 구멍을 낸 다음, 안에 이야기를 담는 거죠. 이야기들을 그냥 아무 곳에나 두면 없어져 버린다는 걸 아셔야 해요. 이야기들은 은밀한 곳에서 살아야 하지만, 한편으로는 공기가 없으면 살 수 없기도 하죠…. 정말 뭐 하시는 분이세요? 내가 물었어요. 병아리 키웁니다, 그가 대답했어요.

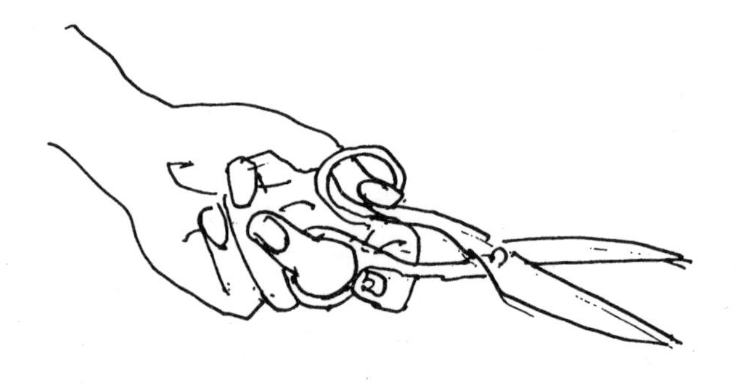

당신의 약제사, 세월에 점점 쫓기고 있는, 그리고 당신의

아이다

미 구아포,

당신이 부탁한 양말 (네 켤레) 오늘 보내요. 두 켤레는 줄무늬 양말이에요. 가로 줄무늬, 그건 얼룩말의 구절(球節) 같은 당신의 발목이 생각나서 골랐고, 나머지 두 켤레는 아무 무늬도 없는 흰색 양말로 했어요. 지난주에 사서 당신의 다른 옷들과 함께 선반 위에 챙겨 두었죠. 우편으로는 부치지 않고 변호사에게 부탁했으니까, 받으면 곧장 알려 주세요.

단추와 콩은 공통점이 있어요. 그게 뭔지 알아요?

힌트를 줄게요. 당신 손을 한번 보세요!

내가 보낸 손 그림들을 창문 바로 아래 붙여 놓았다고 했죠. 그렇게 하면 바람이 불 때마다 그림들이 제멋대로 흔들린다고요.

그 손들은 당신을 만지고 싶은 거예요, 당신이 먼 곳을 보고 싶을 때 당신의 고개를 돌려 주고, 당신을 웃게 해주고 싶은 거라고요. 갓 태어난 아기들이 울음 대신 웃음을 터뜨린다면 어떻게 될까요. 이상한 질문이죠. 우린 삶이 그런 게 아니라는 걸 알고 있으니까.

하지만 내 인생에서 나의 손은 당신을 웃게 해주고 싶었어요. 당신 엄지를 한번 봐요! 그게 단추와 콩을 이어 주는 고리예요. 콩을 까거나 단추를 풀 때, 엄지손가락 동작이 거의 똑같잖아요.

오늘 저녁, 지붕에서 아마와 함께 다리를 꼬고 앉아 콩을 깠어요. 몇 킬로그램 됐죠. 빨래를 널러 올라갔더니 그녀가 콩이 담긴 커다란 양동이를 놓고 앉아 있지 뭐예요. 내가 올라갔을 때는 벌써 시작한 상태였는데 속도가 그리 빠르지 않더라고요. 그 어느 때보다 야위어 보였고, 동작에도 기운이 하나도 없었죠. 나는 콩을 보고는 약국에서 하던 말투로, 단백질과 아미드산이 풍부하죠!, 라고 말했어요. 같이해요, 그녀가 대답했어요, 굶어죽을 순 없잖아요!

아마가 게을러서가 아니라, 막상 내가 옆에 앉으니 다가올 겨울이 손에 잡힐 듯 가깝게 느껴졌던 거겠죠.

함께 앉고 나서는 그녀도 작업에 속도를 내기 시작했어요. 각자 꼬투리를 들고 콩을 꺼낸 다음, 빈 껍질은 항상 지붕 위에 놓여 있는 양동이에 던져 넣었어요. 모두들 물뿌리개 대신 그걸 사용하죠. 그녀가 양동이를 가져와 발 앞에 놓았어요. 오늘 딴 꼬투리는 흰색 바탕에 갈색과 회색 얼룩이 있었어요. 양동이에 담아 놓으니 꼭 오래된 붕대처럼 보였죠. 제비들이 낮게 날고, 하늘엔 먼지가 많았어요. 온 세상이 비를 기다리고 있었죠. 우리는 가끔씩 눈을 마주치기는 했지만 아무 말도 안 했어요. 군용 지프의 사이렌 소리가 들렸어요.

저는요, 아마가 속삭이듯 말했어요, 절대 아이는 낳지 않았으면 좋겠어요, 이 땅에 또 하나의 생명을 내놓는 게 너무 잔인한 일 같아요.

자기 임신한 것 같아요?

그녀는 고개를 가로저었어요.

우리 둘 사이에는 깐 콩을 담을 흰색 철제 대야가 놓여 있었죠.

그녀가 말을 이었어요. 며칠 전에 라미의 형님을 만났는데, 그가 죽고 나서 유품을 정리하다가 찾은 거라면서 책을 한 권 주더라고요. 난 그냥 더 이상 알고 싶지 않다고 했어요. 아마는 고개를 가로저었죠.

처음에는 콩을 대야에 던질 때 금속에 부딪히는 소리가 났는데, 대야에 절반 이상 쌓인 다음부터는 그냥 소리 없이 떨어졌어요. 사람들이 콕스 키드니라고 부르는 품종의 변종이에요.

그랬더니, 아마가 계속 말했어요, 그 형님이라는 분이 라마가 책에 제 이름을 적어 놓았다고, 그러니까 저한테 선물로 줄 생각이었던 게 분명하다고 하시더라고요. 그래서 받았어요. 지금 제 방에 있어요. 베잔 마투르*라는 여자가 쓴 시집이에요.

자리에서 일어난 아마가 지붕을 가로질러 갔다가 책을 한 권 들고 다시 나타났어요. 다시 자리를 잡고 앉아서는 책을 펼쳐 들고 큰 소리로 읽었죠, 조용히 그리고 천천히, 마치 기도를 드릴 때처럼 말이에요.

기다리는 법을 아는 피는
또한 돌이 되는 법도 알고 있다

나는 콩을 까던 손을 멈췄어요. 아마는 고개를 숙인 채 자기 무릎만 내려다봤죠. 우리는 기다렸어요. 잠시 후 그녀가 다시 읽었어요.

기다리는 법을 아는 피는
또한 돌이 되는 법도 알고 있다
세상 속에 있다는 것은 고통이다
이것이 내가 배운 것이다

* Bejan Matur(1968-). 터키의 시인.

그녀는 책을 덮어서 양동이 옆에 내려놓았어요.

왜 이렇게 고통이 많은 걸까요. 그녀가 물었어요. 온통 고통뿐이잖아요, 왜 그런 거예요? 사람들이 서로를 갈기갈기 찢는 일을 멈추지 않잖아요. 말 좀 해주세요. 정말 이유를 알고 싶어요. 어쩌다가 우리는 단지 아파하기 위해 태어난 걸까요. 제가 배운 건 그거예요. 정말 이유를 알고 싶어요.

나는 붉은 콩이 담긴 대야에 손을 넣어 손가락 사이로 콩을 쓸어 보았어요. 가을이 가기 전에 하루 정해서, 내가 말했어요, 이것들을 일곱 시간 동안 삶아야 해요, 요리하기 전에는 소금 치지 말고. 라임—라임이 레몬보다 나아요—도 좀 구해야 할 거예요. 그리고 달걀도 아주 단단하게 삶아야죠. 적어도 여섯 시간 이상 양파 껍질과 함께 넣어 삶고, 물이 끓어서 증발하는 걸 막기 위해 올리브기름 한 숟갈 넣는 것도 잊으면 안 돼요. 알았죠?

그녀는 고개를 들고, 나에게 기대며 내 입술에 입을 맞췄어요. 나는 손으로 그녀의 숱 많은 머리를 부드럽게 쓰다듬어 주었죠. 그 와중에 대야를 엎어 버려서 콩들이 콘크리트 바닥에 흩어졌어요.

우리가 저지른 일을 알고는 웃음을 터뜨렸어요, 둘이 함께 말이에요. 오래된 농담, 그 어떤 궁전보다 오래된 농담에 웃음을 터뜨린 거죠. 콕스 키드니 농담! 그러고 나서 무릎을 꿇은 채 콩을 주워 담았어요. 잃어버린 건 몇 개 안 되는 것 같았어요.

세상 속에 있다는 건 고통이겠죠. 그 시가 맞아요. 그리고 오늘 밤 나의 손은 당신을 위로해 주고 싶어해요.

가난한 자들의 전체 수가 얼마나 되는지는 측정 불가능하다. 그들은 지구상에서 다수를 차지하고 있을 뿐 아니라, 어디에나 있고, 아무리 작은 사건이라고 해도 그들과 관련이 있다. 그 결과 부자들이 하는 일은 담을 쌓는 일이다. 콘크리트 벽, 전자 감시, 미사일 폭격, 지뢰밭, 무장 대치, 미디어의 잘못된 정보 등이 만들어내는 벽, 그리고 마지막으로 금융 투기와 생산 사이를 가르는 돈의 벽. 금융 투기 및 거래의 단 삼 퍼센트만이 생산과 관련된 것이라고 한다. 사랑해.

미 구아포,

NK가 쓴 책 받았어요? 지금 지붕 위에 있는데, 해가 지고 있네요. 박격포가 쏟아지는 크로코딜로폴리스에 살고 있는 친구와 방금 휴대폰으로 이야기를 나눴어요. 친구가 전화로 농담을 하네요! 농담을.

두려운 마음에 당신에게 천사 이야기를 해야겠어요. 천사들에겐 한때 날개가 있었죠. 열두 개, 혹은 네 개의 날개를 가진 천사들도 있지만, 대부분은 두 개였어요. 천사들은 어디든 있었죠. 천오백오십 종류의 수없이 많은 천사들이 신을 찬양하기 위해 큰 소리로 노래 불렀죠. 게다가 일만 하는 천사들도 있었어요. 일주일의 매 요일마다, 하루의 매 시간마다, 나침반에 있는 모든 방위마다, 모든 기술이나 직업마다, 모든 산과 길마다, 각각 그것을 담당하는 천사가 있어요. 모든 천사들은 매일 아침 새롭게 태어났죠.

그렇게 빽빽한 주변 환경에 둘러싸여 지내는 건 어떤 느낌이었을까 궁금해요. 어쩌면 난민 캠프에서 태어나는 것과 비슷할지도 몰라요!

천사들은, 대부분의 시간 동안, 눈에 보이지 않았다는 점을 제외하면요, 분명 거기에 있었어요. 그들의 가르침, 의견, 끊이지 않는 목소리, 그 주파대(周波帶)와 함께 말이죠.

산스크리트어의 '안기라스(Angiras)'는 성스러운 영혼을 뜻하죠. 페르시아어의 안가로스(Angaros)는 밀사(密使)를, 그리스어의 '안겔레스(Angeles)' 는 전령을 뜻해요.

지난주에 베드가 약국에 왔어요. 오염된 물을 마셔서 위장염과 설사 증세가 있었죠. 니푸록사짓(하루에 팔백 그램)과 코페라마이드(하루에 십이 그램)를 지어 줬어요. 약봉투를 주머니에 넣고 나서 그가 이야기를 하나 해줬어요.

구스타보라는 신발장수가 나이가 들어서 죽어요. 가게에서 샌들을 고치다가 죽은 거죠. 어떤 천사가 천국까지 그와 동행하는데, 가던 중에 천사가 이렇게 말해요. 원한다면, 지금 아래를 내려다보면 당신이 일생 동안 남겨 놓은 발자국을 볼 수 있을 겁니다. 노인은 아래를 내려다보죠. 그리고 자신이 남겨 놓은 긴 발자국의 흔적을 봐요. 그런데 눈에 들어온 그 흔적들이 그를 혼란스럽게 해요. 어째서, 그가 물었죠, 발자국 흔적이 두세 군데에서, 아주 길게, 멈춰 있는 겁니까? 마치 그때 내 인생이 끝나서 죽은 것처럼 말입니다. 어떻게 그런 일이 가능하죠? 천사는 웃으며 이렇게 대답하죠. 저건 제가 당신을 데리고 다녔던 시간들입니다!

천사들은 사물을 이야기하고 노래를 하죠, 그리고 모든 노래는 천사들에 의해 불리기를 꿈꿔요.

어쩌면 음악과 날개 달린 천사는 쌍둥이였던 건지도 몰라요, 차례차례 태어났던 거죠. 음악이 먼저예요. 그리고 첫번째 천사가 태어날 때까지의 그 외로운 시간, 음악이 홀로 있던 그 시간을 상상해 보고 싶다면, 빌리 홀리데이*를 들어 보세요!

* Billie Holiday(1915-1959). 미국의 흑인 여성 재즈 가수로, 독특한 블루스 창법을 구사한 것으로 유명함.

물론 그들에게도 약점은 있었죠, 천사들 말이에요. 15세기에는 타락천사의 숫자만 일억삼천만이었다는 이야기도 있어요! 대부분은 아사엘처럼 여자와 잠자리를 가졌다는 이유로 그렇게 되었죠.

순서가 어떻게 된 건지는 나도 확실히 모르겠어요. 어쩌면 반대인지도 모르겠어요. 그럼 타락이 먼저 있었던 게 되겠죠, 나중이 아니라. 천사를 인정하고 싶었던 적은 한번도 없었던 것 같아요. 하지만 타락한 천사라면 받아들일 수 있을 것 같네요!

이델미스는 열린 문틈으로 아이스크림 공장을 볼 수 있는 자리로 의자를 옮겼어요. 그녀는 공터를 질러가는 사람을 지켜보는 걸 좋아하죠. 지금은 진통제와 해열제가 있는 곳에 앉아 있어요. 그 자리에 대해 농담을 하기도 했어요. 그녀는 책을 읽고, 생각하고, 조는데, 손님을 맞이하기 위해 자리에서 일어나는 일이 한두 번밖에 되지 않는 날도 있어요. 하지만 약국 안에서 일어나는 일을 어느 정도 놓치지 않고 있기 때문에 언제 자기가 일어나야 하는지 알 수 있죠. 가끔은 그녀가 내게 마지막 가르침을 주고 있는 것 같은 생각이 들기도 해요.

밤이 됐네요, 전기가 나가고, 하늘에서 우리를 감시하는 헬기의 프로펠러 소리가 들려요, 촛불을 들고 잠자리에 들기 전에 내 손을 당신의 두 손 사이에 밀어 넣어요.

당신의 아이다

두려움 산업. 지난주에 국제 무기 전시회인 살롱 뒤 부르제가 파리에서 열렸다. 인기를 끈 전시물 중에 코기토 1002라는 흰색의 공중전화 부스만한 기계가 있었다. SDS*에서 제조했다. 부스 안에 사람이 들어가서 자리를 잡으면 몇 가지 질문에 따라 그/그녀의 손을 생체반응을 읽어내는 판 위에 올려야 한다. 질문에 대한 몸의 반응은 그대로 코기토 1002에 기록되고, 이내 대답한 사람이 주의인물인지 아닌지 밝혀진다. 현재 미국의 공항에서 사용 중이고, 이제 수출을 준비하고 있다. 이곳에 코기토 1002를 하나 갖다 놓을 수 있다면 교도관들과 재미있는 놀이를 할 수 있을 것이다. 그들도 아주 재미있어 하겠지!

* Suspect Ditection System Ltd.. 이스라엘의 항공보안전문회사.

당신 셔츠를 다리려는 이유를 이야기할 거예요, 흰색에 짙은 색 단추가 달려 있고, 소매 단추가 네 개인 그 셔츠 말이에요. 어느 셔츠인지 알겠어요?

지난주 금요일은 잔인할 정도로 더웠어요. 사십 도가 넘었죠. 삼십 분마다 물을 들이켰는데, 저녁이 되자 하늘이 금속 같은 빛을 띠었고, 우리는 폭풍우가 닥치기를 기다렸어요. 그건 갑자기 찾아왔죠. 어쩌면 우리는 직접 닥쳤을 때도 그다지 놀랍지 않은 무언가를 기다리고 있었던 건지도 모르죠. 그때는 마치 세상의 모든 것이 비가 되어 버릴 것만 같았어요.

난 그때까지 약국에 남아 있었는데, 지붕을 두드리는 빗소리에 귀가 먹을 것만 같았죠. 정말 무거운 빗소리는 불이 타오르는 소리와 비슷하다고, 함께 오마 다리를 건널 때 당신이 말했잖아요.

나는 문 앞으로 가 공터를 내다봤어요. 땅에선 노란 빗물이 튀어 오르고 하늘에선 회색 비가 열린 수문으로 쏟아지는 물처럼 떨어지고 있었죠. 온 세상에 비밖에 없었네요.

그 속으로 걸어 들어가고 싶은 견딜 수 없는 욕망이 생겼어요, 그건 측정할 수 없는 것이었거든요. 우리는 하루하루를 이런저런 측정할 수 없는 것들과 함께 살아가잖아요, 안 그래요? 당신 생각을 했고, 그래서 하고 싶은 대로 했어요. 홍수 같은 큰 빗속으로 걸어 나와 약국 문을 닫았죠.

샤워를 하는 것과는 달랐어요, 미 소플레테, 너무 순간적이었죠. 빗물이 온몸을 적시며 동시에 숨이 막히는 것만 같았어요. 아마 내가 소리를 질렀겠죠. 그대로 서 있었어요, 내 몸 어느 한 곳도 예외 없이, 행복하고 한없이 뻗어갈 것 같았죠, 마치 CAP 10B를 탔을 때처럼.

멀리서 누가 큰 소리로 내 이름을 불렀어요. 머리 위로 가방을 받쳐 든 남자 하나가 공터를 가로질러 오는 것을 겨우 분간할 수 있었죠.

그가 팔이 닿을 만한 거리에 이르렀을 때야 누군지 알아볼 수 있었어요. 알렉시스. 알렉시스가 예정에 없이 찾아온 거예요. 그도 나처럼 흠뻑 젖어 있었는데, 나보다는 덜 행복해 보였죠. 그래서 그를 약국 안으로 데리고 들어왔어요.

우리는 거기 그렇게 서 있었어요, 쏟아지는 비를 피해, 몸에서 흘러내린 물이 타일 바닥 여기저기에 고였어요. 우리는 깜짝 놀랐고 웃음을 터뜨리기 직전이었죠. 하지만 웃지 않았어요, 우리 둘 다 같은 순간에 같은 생각을 하고 있었기 때문이죠.

말은 한마디도 하지 않았어요, 그리고 소리를 지르기 시작했죠, 마치 코끼리들이 긴 코로 물을 뿌리며 서로를 씻어 줄 때처럼요. 우리는 멈추지 않았고, 점점 더 미친 듯이 과장된 소리를 질렀어요. 왼팔을 긴 코처럼 내젓는 두 마리의 코끼리! 그러는 동안, 우리 둘은 각자의 수감 시절을 떠올렸고, 그 시절의 농담과 함께, 우리가 연기(演技)하고 있는 건 해방의 꿈이라는 것을 알았어요! 맞아요, 미친 거죠. 무엇보다도 그 광기가 제일 마음에 들었어요.

우리는 당신들을 웃겨 주려고 어깨를 코끼리 귀 쪽으로 돌렸어요. 당신, 미 골론드리노*, 그리고 무라트와 두리토, 알리와 실비오를 위해서요. 당신들은 우리를 볼 수 없었겠죠. 우리도 당신들을 볼 수 없었어요. 당신들은 모두 각자의 감방으로 돌아가 갇혔을 테니까.

그들이 웃는 소리를 들어 봐요! 알렉시스가 소리쳤어요.

들었어요.

비가 그치고, 우리는 집으로 향했어요. 거기서 몸을 말리고 알렉시스에게 당신의 이 셔츠와 바지 한 벌, 샌들 몇 켤레를 빌려 줬던 거예요. 그리고 커내스터의 밤에 갈 일이 있었는데, 게임이 아주 잘 풀렸죠. 알렉시스는 블랙 세 개와 레드 하나를 땄어요. 나는 그만하겠다고 말하고 먼저 일어났죠. 다음날, 그의 옷이 마르자 그는 떠났어요.

이제 다림질을 마쳤어요, 당신의 셔츠요. 다림질을 천천히 했어요. 몇 년 만에 당신의 셔츠를 다려 본 걸까요? 우리 같은 사람들은 일 년 단위가 아니라 하루 단위로 시간을 계산한다는 거 알아요. 다림질을 천천히 마치고 단추를 끝까지 채웠어요. 단추는 짙은 슬레이트 지붕 색깔이에요. 아침이면, 침대에 누운 채, 당신이 서 있는 모습을 보고 싶어요, 침대 맡에서, 당신은 인상을 찌푸렸다가는 단추를 세 개 푼 다음 머리 위로 셔츠를 입겠죠. 이천 하고도, 백이십육 일 만이에요.

당신의 영원한 아이다

* Mi Golondrino. '내 겨드랑이에 난 종기 같은 당신' 이라는 뜻의 스페인어.

캄 유켈이 이야기를 하나 해줬다.

일곱 살짜리 소년 야코프가 친구에게 묻는다: 어떻게 인간은 그렇게 작은 눈으로 모든 것을 볼 수 있는 걸까? 도시 전체를 볼 수도 있고, 엄청나게 큰 도로도 한눈에 파악하잖아. 어떻게 그렇게 큰 것들이 작은 눈에 들어오는 걸까?

글쎄 야코프, 내가 말한다, 이 감옥 안에 있는 수감자들을 생각해 보렴,
천 명에 가까운 사람들이 있단다. 그리고 바깥세상에 대한 동경으로
휘둥그레진 그들의 눈을 생각해 보렴. 어쩌다가, 네 생각은 어떠니,
야코프, 그렇게 많은 눈들이 이런 작은 공간에 갇히게 된 걸까.

미 소플레테,

제가 어릴 때, 늦은 가을이면 타니아 이모는 천사의 머릿결이라고 부르는 잼을 만들곤 했어요. 커다란 호박으로 만든 건데, 토피와 파스닙 맛도 났죠. 사람 피부색 같은 호박 껍질에 빨간색 혹은 녹색 머리 다발 같은 무늬가 있어서, 뒤에서 보면 어느 정도는 천사의 머리처럼 보이기도 했거든요. 그래서 이모가 그런 이름을 붙인 게 아닌가 생각되네요. 만드는 법을 찾으면, 좀 만들어서 보내 줄게요.

일단은, 문장을 하나 보내요, 7세기에 이븐 아라비*가 쓴 거예요. "여성에게서 보이는 신의 모습이야말로 세상에서 가장 완벽한 것이다"라는 말을 남기기도 했던 사람이죠! 수제의 감방에 있는 당신도 그 말에 거의 동의하겠죠, 아닌가요?

오래된 의학잡지에 실린 아리스토텔레스에 관한 기사에서 그의 문장이 인용된 것을 발견했는데, 그 잡지는 타이완에서 온 주사기 상자의 포장지였답니다! 문장은 이래요. "천사는 인간의 능력과 장기 안에 숨은 힘이다."

당신에게, 미 소플레테, 매일 밤 여기에 홀로 ―몸을 돌돌 만 채 의자 하나를 차지하고 앉은 코잉을 제외하고는― 앉아 있으면 머릿속에 떠오르는 질문과 대답들을 속삭여 주고 싶어요. 당신이 이 의

* Ibn Arabi(1165-1240). 이슬람의 신비주의 사상가.

자에 앉아 식사하면서 창밖을 바라보기를 좋아했던 걸 생각하면, 내가 당신 의자에 앉아 있다고도 할 수 있겠네요. 그러고 보니, 우리는 진짜 습관—서로의 품안에서 잠드는 것만 빼면—이라는 게 생길 만큼 충분히 오랜 시간을 가져 보지는 못했어요. 네, 그 점에서 우리의 몸과 잠은 각각의 습관을 가지고 있었죠. 무언가 나를 떠밀고 있는 것 같아요. 그 문장이 놀라웠던 건, 씌어지고 나서 십사 세기가 지난 후에야, 그 말이 진실인 이유를 알게 됐기 때문이에요.

당신에게 보낼 글을 적고 있는 이 편지지를 가만히 바라보면 당신의 목소리가 들려요. 목소리도 얼굴만큼이나 사람들마다 다르지만, 그 차이를 설명하기는 훨씬 더 어렵죠. 사람들이 당신의 목소리를 정확하게 알아들을 수 있게 하려면 어떻게 설명하면 될까요? 당신의 목소리에는 기다림이 있어요. 뛰어내릴 수 있게 기차가 속도를 조금만 줄여 주기를 기다리는 듯한 느낌. '좋아' '가자고' '손 이리 줘 봐' '돌아보지 마!' 같은 말을 할 때도, 당신의 목소리에는 그 기다림이 느껴지죠. 세비스의 산허리에서 나를 품안에 안고 '영원히 여기서 지내!' 라고 말했을 때도 마찬가지였어요.

신경생물학자들은, 모든 살아 있는 몸은 —물리적인 성분이나 물질과 더불어— 끊임없이 주고받는 신호의 네트워크로 구성되어 있음을 알게 되었죠. 그런 신호들이 신체 내 세포의 활동을 안내하고, 덕분에 그때그때의 주어진 환경에서 가능한 한 최상의 상태와 안정성, 전문용어로는 항상성(恒常性)을 유지할 수 있다는 거예요.

당신의 목소리에는 다른 특징도 있어요. 말을 할 때면 당신의 입술은 혀와 이 뒤로 젖혀지는 커튼처럼 되는데, 그 커튼은 상처이기도 하죠. 그래서 매번 볼 때마다 거기 입 맞추고 싶어져요.

신호들은 혈관이나 다른 경로를 따라 장거리 이동하는 리간드가 전달해요. 리간드란 아주 작은 아미노산 분자를 말하는 거예요. 호르몬, 펩타이드, 스테로이드, 신경전달물질 등이 모두 리간드죠. 신호 전달 과정이 믿을 수 없을 정도로 정교하고 세밀한 이유는, 서로 다른 리간드들이 자신에게 맞는 특정한 수신자를 찾아야만 하기 때문이에요. 수신자들은 보통 조금 더 큰 아미노산 분자들이죠. 어떤 세포든 표면에 그런 수신자들이 수십만 개씩 있어요. 신경 세포의 경우에는 백만 개나 된다고 하네요. 백만 개의 귀가 바짝 긴장한 채, 자신에게 맞는 리간드의 입에서 전해질, 신호를 기다리고 있는 거예요. 전달받은 신호는 세포핵에 전해지고, 그렇게 신체의 다른 부위와 주변 환경에서 방금 전해진 정보에 맞춰 세포는 활동을 조정하죠.

세포라는 단어를 쓰다 보니, 당신이 갇혀 있는 73호 감방이 생각나네요!* 단어는 그럴 법하지 않는 것들을 서로 연관시키기는 일을 멈추지 않죠, 그런 점에서는 우리 어머니들과도 비슷해요. 어머니들은 항상 모든 것들을 한데 모으려고 하시잖아요, 교도소와는 정반대죠! 하지만 그런다고 어떤 아이들이 평생 동안 어머니의 죄수처럼 지내는 것을 막지는 못하지만.

당신의 목소리에서는 'S' 가 평균 이상으로 들려요. 치찰음, 당신의 그리운 목소리. 내가 말할 수 없을 정도로 그리워하는 목소리.

식료품 저장실로 가는 문이 열려 있고, 왼쪽으로는 지저분한 싱크대 위로 수도꼭지가 보여요. 거기에서 화분을 놓고 물을 주곤 하죠. 오늘 저녁에 집에 와서는 재스민 화분 두 개에 물을 줬어요. 학 재스민 하나와 노란 영춘화 하나. 당신은 거기서 발을 씻었죠. 샤워

* '세포' 와 '감방' 은 영어로는 모두 'cell' .

기 옆에 있는 대야는 한 번도 안 썼어요. 샌들을 벗고, 한쪽 발을 먼저 씻고, 아침에 있었던 일을 이야기하고, 다른 쪽 발을 씻고, 오후에 있었던 일을 이야기했어요. 그 이야기를 들으며, 당신의 발목과 발에 있는 뼈들이 손을 시켜서 당신의 목소리로 내게 무슨 말을 해야 할지를 알려 주고 있는 거라고 반쯤 상상했어요. 이게 내가 당신의 양쪽 발에 있는 쉰두 개의 뼈에 일일이 입을 맞추고 싶은 이유예요.

수신자에게 전해지는 신호는 아주 간단한 지시—앞으로! 뒤로! 열어! 닫아!—에서부터 동정, 상호협조, 속임수, 복수, 자기희생, 주의, 욕정 같은 복잡한 행동을 불러일으키는 것까지 다양하죠.

이런 텅 빈 밤에 '사랑해요' 라고 말하고 나면, 커다란 무언가가 내게 찾아오는 것만 같은 느낌이 드는 건 왜일까요. 침묵은 언제나처럼 압도적이죠. 내가 받는 것은 당신의 응답이 아니에요. 있는 건 항상 나의 말뿐이었죠. 하지만 나는 채워져요. 무엇으로 채워지는 걸까요. 포기가 포기를 하는 사람에게 하나의 선물이 되는 것은 왜일까요. 그걸 이해한다면, 우리에겐 두려움도 없을 거예요, 야 누르, 사랑해요.

똑같은 리간드가 수신자와 함께 몸과 뇌에서 만들어지고, 하나의 네트워크가 되어 양쪽 모두에 똑같이 작용해요. 그들에겐 뇌와 몸이 아무 차이가 없는 거죠. 설명하자면 길어요. 인간의 몸에서 발견되는 몇몇 리간드는 지구상에서 최초로 등장한 생명체 중 하나인 (이 부분은 얼룩이 생겨서 글씨를 알아볼 수 없다) 에서도 발견되었다고 하네요, 미 소플레테.

리간드가 특정한 수신자에게 신호를 전하는 방식에는 두 가지가 있어요. 가장 일반적인 방식은 세포 표면의 얇은 막에서 직접 맞물리는 방식이죠. 마치 당신이 옆방의 동료 수감자에게 신호를 보내기 위해 벽을 두드리는 것처럼요. 이 경우에 전달되는 메시지는 바로 효소인데, 이때 아데노신 삼인산(ATP)이 아네노신 일인산(AMP)으로 바뀌면서 더 멀리 나아갈 수 있게 되는 거예요. 스테로이드 리간드는 다른 식으로 신호를 전달하는데, 이 리간드를 받아들이는 수신자는 세포 표면이 아니라 핵 속에 깊숙이 자리잡고 있어요. 그래서 이들에게 전해지는 정보는 세포의 창문을 통해 바깥으로 뻗어 나온 실에 문자메시지처럼 붙어서 전달되죠. 수신자는 자신이 받은 신호를 세포 내의 DNA에 전달하고, DNA는 다시 그 정보를 RNA로 더 멀리 보내는 거고요. 예를 들어, 성 호르몬은 스테로이드 리간드예요. 내 가슴이 지금 같은 모양을 가지게 된 것도 다 고나도트로핀, 오에스트로겐, 프로게스테론, 프롤락틴 같은 호르몬이 전달해 준 신호 때문이란 거죠. 써 놓고 보니 꼭 천사들 이름 같지 않아요, 그렇죠?

당신은 책을 읽을 때도, 미 소플레테, 독특한 방식으로 읽어요. 이 탁자에 앉아 반으로 접은 신문을 읽거나, 침대에 누워서 읽을 때 —발이 침대 밖으로 나오고, 양손으로 책을 얼굴 앞에 받쳐 들죠, 아마 산악 식물에 관한 책이었을 거예요— 당신이 책을 읽는 방식은, 책읽기를 하고 있는 당신의 방식은, 특별해요. 어떤 이는 책을 읽을 때 활자의 흐름에 빠져들고, 또 어떤 이는 먼 여행을 떠나지만, 당신은 책에서 받아들인 것을 주변에 차곡차곡 모았다가 즉시 그곳에 있는 다른 것들과 연결시키죠. 당신이 뭔가를 읽을 때면, 없는 사람처럼 느껴지는 게 아니라, 오히려 그 어느 때보다 존재감이 강하게 느껴져요. 당신 어깨에 머리를 기대요. 당신에게 읽기가 관찰의 한 형태라는 건, 뭔가를 읽을 때 당신의 볼을 보면 알 수 있죠.

당신 어깨에 기댄 내 머리를 돌려 혀끝으로 당신의 볼 아래쪽을 살짝 건드리고, 머리를 살짝 들어 혀끝이 닿았던 곳 양쪽에 입술을 가져가요.

수신자가 받아들인 신호에 세포가 반응을 보이는데, 그를 통해 뇌나 각종 분비기관, 면역 체계, 비장, 장 등의 활동이 속도를 늦추거나 더 낼 수도 있고, 반대로 움직이거나 약간 조정될 수도 있죠. 또한 그런 신호의 자극을 받아 느낌이나 욕망, 위험을 감수하거나 숨고 싶은 마음 등이 생길 수도 있어요.

우리의 몸은 수조 개의 세포로 이루어져 있고, 그들 각각이 받아들이는 신호들은 끊임없는 피드백과 상호협조가 이루어지는 네트워크를 구성하죠. 지휘부 같은 것은 없고, 몸 안에 있는 전달자들이 만들어내는 지속적인 순환이 있을 뿐이에요. 전달자들 중 일부는 생명이 출현할 때부터 있어 왔던 것들이고, 그 다양함 속에서, 정신이 가진 지성에 비견할 만한 또 다른 지성을 짜 나가는 —내 생각엔 이 말이 제일 적합할 것 같아요— 거죠. 마치 몸과 정신이 같은 물질로 이루어져 있는 것처럼 보여요. '천사는 인간의 능력과 장기 안에 숨은 힘이다.' 대만에서 온 바로 그 잡지의 같은 페이지에 적힌 내용에 따르면 아리스토텔레스는 천사들을 '지성들'이라고 불렀다고 하네요.

각각의 세포는 하나의 개인이에요. 태어난 날도 있고, 정해진 수명이 있고, 죽는 날도 있죠. 각각의 세포에는 대략 백만 개의 수신자들이 있어 리간드가 전해 줄 신호를 기다리죠. 리간드들이 최초의 천사들이에요.

왜 당신에게 이 이야기를 해야만 하는 걸까요. 왜 이렇게 무겁게 다가오는 걸까요. 그건 우리가 처한 상황 때문이에요, 당신과 나.

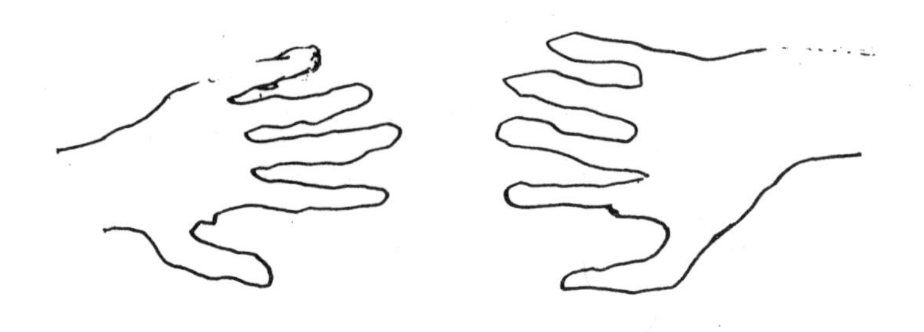

신경생물학자들이 리간드라는 천사들을 발견하면서 정신에 대한 우리의 추측에 변화가 생겼어요. 뿐만 아니라 정신과 우리를 둘러싸고 있는 전체 자연 사이의 관계도 변했죠. 육체는 비물질적이고 손에 잡히지 않는 정신의 지휘를 받는 물리적인 기계라는 견해는 이제 끝났어요. 그건 사 세기 동안만 유효했을 뿐이죠.

정신도 몸에 근거를 두고 있어요, 물리적인 뇌의 중재를 통해서 말이에요. 정신도 신경세포 안에서, 그 덕분에 존재할 수 있는 것이고, 그런 점에서는 살아 있는 다른 조직과 다를 것이 없어요. 정신과 육체, 하나는 실체가 없고 다른 하나는 있지만, 그 둘은 함께 얽혀 하나의 천을 만들죠, 그 둘은 서로 다른 두 가지가 아니에요, 미소플레테, 그 둘은 하나예요.

교도소에 갇힌 당신은 거리를 뛰어넘을 수 없죠. 아주 짧은 거리를 반복적으로 오가는 것을 제외하면 말이에요. 하지만 당신은 생각할 수 있고, 온 세상을 가로지르며 생각할 수 있어요. 그리고 나는 내가 원하는 곳에 갈 수 있고, 그렇게 거리를 뛰어넘는 것이 내 인생의 일부예요. 당신의 생각과 나의 여행, 그 둘은 거의 같다고 할 수 있죠. 생각과 확장은 똑같은 무언가의 부분들이에요. 하나의 천이죠.

우리의 정신을 통해 당신과 나는 우리의 하루하루에서 벗어날 수 있는 길을 찾아요. 종종 어둡기도 한 그 하루하루 속에서 그 안에 있는 무엇을, 매 순간 안에 있는 뭔가를 끊임없이 찾으려 하죠!

이것이 당신에게 이 이야기를 해야만 하는 이유예요. 교도소에서 꾸는 꿈에서도 천사들이 등장하겠죠. 천사들은 교도관과 정반대점에 있어요. 물론 양쪽 모두에 각각 좋은 편과 나쁜 편이 있기는 하겠지만. 천사들을 완전히 알려면 교도관들을 알아야만 하는 거죠. 감옥 바깥에선, 사람들이 양쪽 모두의 존재를 잊어버려요.

정신은 몸 안에서 일어나는 일들을 쉬지 않고 읽어낸 결과이고, 그런 일들 중에는 감각기관이 받아들이는 지각—보는 것, 듣는 것, 만지는 것, 냄새 맡는 것, 맛보는 것—도 모두 포함되죠. 꿀을 한 숟갈 먹고 뜨거운 차를 마셔요. 오늘 밤은 춥네요. 당신은 침상에 있는 담요 밑으로 머리를 묻었어요.

오늘 첫눈이 왔는데, 공기가 차가워서 눈이 건너편 언덕에 있는 과일 나무들의 잔가지와 둥치에 그대로 하얗게 내려앉았어요. 모든 나무들의 아주 작은 부분까지 하얗게 변했죠. 그리고 오늘 밤, 나는 당신에게 이 하얀 창틀을 그대로 보내요. 마치 그 창틀이 천사라도 된다는 듯이. 우리를 둘러싸고 있는 것 역시 하나의 똑같은 천의 일부겠죠. 그 천을 당신 머리 위에 두르고 몸을 덥혀요, 내가 당신에게 다가가는 동안 내게 찾아온 말들과 함께.

몸이 받아들인 지각들은, 읽히고 나면, 정신 속에서 이미지가 되죠. 정신이 없으면 그 어디에도 이미지는 없을 거예요, 내 사랑.

전체로서의 자연은, 그 안을 가로지르는 지성에게 이야기를 전하는 거름종이 같은 거예요. 우리의 몸도 같은 거름종이의 일부고, 그 몸에서 우리의 정신이 나와 우리는 그 정신으로 자연이 걸러준 이야기를 읽어내죠. 당신에게 이 이야기를 하기 위해 나는 옷을 벗어요.

A.

이레네. 잘 자요. 꿈속에서 당신을 가질 테니….

미 구아포,

내가 편지를 쓰는 동안 당신은 감방 안에서 내 말에 귀기울이죠. 나는 침대에 앉은 채 무릎에 편지지를 놓고 있어요.

눈을 감으면 당신의 귀가 보여요, 왼쪽 귀가 오른쪽 귀보다 조금 더 삐쳤죠. 학교에 다닐 때 내 단짝친구는 사람의 귀는 사전과 같아서, 방법만 익히고 나면, 귓속에서 단어들의 뜻을 찾을 수 있다고 했어요. '투명한', 예를 들어 이 단어의 뜻을 찾아보세요, '투명한'.

전화기가 울려요, 야스미나의 다급한 목소리가 들리네요. 앉아 있던 나무에 위기가 닥치면 그렇게 참새들이 짹짹거리죠. 아보르 구역의 오래된 담배 공장에 아파치 헬기가 나타났다고 하네요. 우리 동료 일곱 명이 숨어 있는 곳인데, 이웃에 사는 여인들이 —그리고 다른 여인들까지— 공장 주변과 지붕 위에서 인간 방패를 만들어 그들이 폭격을 하지 못하게 막고 있대요. 나도 가겠다고 그녀에게 말했어요.

수화기를 내려놓고 가만히 서 있었어요. 하지만 달리고 있는 것 같은 기분이었죠. 차가운 공기가 이마를 때렸어요. 나의 무언가가 —나의 몸은 아니었고, 아마 나의 이름 아이다였을 거예요— 달리고, 방향을 틀고, 떠오르고, 곤두박질치고, 눈에 띄거나 조준할 수 없는 상태가 되었죠. 어쩌면 새장에서 풀려난 새가 느끼는 기분이랑 비슷했을 것 같아요. 일종의 투명함.

당신에게 이 편지를 보내지는 않을 거예요, 하지만 며칠 전 우리가 했던 일을 얘기해 주고 싶어요. 어쩌면 우리 두 사람이 죽을 때까지 당신이 이 글을 읽지 못할 수도 있겠죠, 그래요, 죽은 사람들은 글을 읽을 수 없으니까. 죽은 자들은 글로 적혔던 것들 중 남은 무엇이에요. 글로 적힌 것들은 대부분 재가 되겠지만, 죽은 자들은 남아 있는 말들 안에 있을 거예요.

도착해 보니, 스무 명 남짓한 여인들이 흰색 스카프를 흔들며 평평한 지붕 위에 자리를 잡고 있었죠. 공장은 삼층 건물이에요. 당신이 있는 감옥이랑 같네요. 일층에서는 여인들이 줄을 맞춰 서서 등을 벽에 기댄 채 건물 전체를 둘러싸고 있었죠. 탱크나 지프, 험비는 하나도 보이지 않았어요. 공터를 가로질러 가 그들에게 합류했어요. 아는 사람도 몇몇 있었고, 처음 보는 여인들도 있었죠. 우리는 손을 잡고 말없이 서로를 바라보며 우리가 함께 나누고 있는 것을, 우리가 공통으로 가지고 있는 것을 확인했어요. 우리가 가진 기회는 그렇게 한 덩어리가 되어, 가능한 한 오래 버티고 서서 움직이기를 거부하는 것이었죠.

아파치가 돌아오는 소리가 들렸어요. 우리를 겁 주고 또한 우리를 관찰하기 위해 아주 천천히 낮게 날고 있었죠. 날이 네 개 달린 회전 날개에 겁을 먹은 듯 아래쪽 공기가 치솟았어요. 아파치의 익숙한 굉음이 들렸어요, 그들의 결심을 나타내는 굉음 소리, 그 소리를 들으면 우리는 황급히 피신처로 숨어들곤 했지만, 그날은 아니었어요. 헬기의 양 날개에 붙어 있는 두 개의 헬파이어 미사일이 보였어요. 조종사와 기관총 사수도 보였죠. 우리를 겨냥하고 있는 기관총이 보였어요.

폐허가 되어 버린 산 아래, 버려진 공장, 사 년 전 이질이 퍼졌을 때 임시 병원으로 쓰였던 그 공장 앞에서 우리들 중 몇몇은 죽을 수도 있었어요. 우리는 모두, 나는 생각했어요, 겁을 먹고 있었지만 그건 자신을 걱정하는 마음은 아니었어요.

다른 여인들이 계속해서 아보르 산의 꼬불꼬불한 산길을 황급히 내려오고 있었어요. 경사가 심해서 —기억나요?— 그들 눈에는 헬리콥터가 보이지 않았을 거예요. 여인들은 서로 손을 잡은 채 불안을 숨기려는 듯 키득키득 웃었죠. 그들의 웃음소리가, 점점 더 가까워지는 아파치의 엔진 소리와 뒤섞이며 이상한 기분이 들었어요. 나와 손을 잡고 선 여인들을 둘러보았어요, 특히 그들의 이마를 보니, 그들 중 몇몇도 내가 받았던 느낌과 비슷한 무언가를 느꼈다는 걸 확인할 수 있었죠. 그들의 이마는 투명했어요. 뒤늦게 아보르 산에서 내려온 여인들이 도착하자, 그들은 옷매무새를 가다듬었고 우리는 따뜻하고 엄숙하게 그들을 안아 주었어요.

우리의 무리가 커질수록 공격의 목표도 커지고, 목표가 커진다는 건 그만큼 우리가 더 강해졌다는 의미겠죠. 이상하지만, 투명한 논리예요! 우리는 모두 겁을 먹고 있었지만, 그건 자신을 걱정하는 마음은 아니었어요.

아파치가 공장 지붕 위를 맴돌았어요, 머리 위 삼층 정도 높이에서 움직이지 않았지만 가만히 있는 것도 아니었어요. 우리는 서로 손을 잡은 채 가끔씩 서로의 이름을 반복해 불렀어요. 나는 코토와 미리암의 손을 잡고 있었죠. 코토는 열아홉 살이고 이가 아주 하얘요. 미리엄은 오십대의 과부인데, 남편은 이십 년 전에 죽었다고 하네요. 당신에게 이 편지를 보내지는 않겠지만, 그래도 그들의 이름은 바꿨어요.

그때 거리에서 다가오는 탱크 소리가 들렸어요. 모두 넋 대였죠. 코토가 손가락으로 내 손목을 만지작거렸어요. 확성기를 통해 통행 금지를 알리는 소리와 모두들 해산하고 건물 안으로 들어가라는 명령이 들렸어요. 공터 반대편 거리에도 사람들이 모여 있었고, 그 중엔 카메라 기자들의 모습도 몇몇 보였죠. 우리 편에 선 한 줌의 사람들.

거대한 탱크가 우리를 향해 빠른 속도로 다가왔어요, 포탑이 정확한 조준을 위해 움직였죠.

소리가 주는 두려움이야말로 가장 통제하기 어려운 것이겠죠. 앞에 있는 것이 무엇이든 깔아뭉개 버리는 탱크의 궤도 소리, 흡착음과 뒤섞인 엔진 소리, 해산을 명령하는 확성기 소리. 이 모든 것들이 점점 더 커지다 우리 앞 십이 미터 지점에 나란히 멈추어 섰어요. 백오 밀리 포신은 그보다 훨씬 가까이 와 있었죠. 우리는 움츠러들지 않았어요, 서로 몸을 뗀 채 손만 마주잡고 있었죠. 첫번째 탱크의 승강구에서 지휘관이 나와 우리를 향해 말했어요, 형편없는 우리말 솜씨로, 이젠 강제 해산을 할 수밖에 없다고 했죠.

아파치 한 대 가격이 얼만지 알아요? 코토에게 속삭이듯 물었어요. 그녀는 고개를 저었죠. 오천만 달러예요, 입을 벌리지 않은 채 흘리듯 말해 줬어요. 미리암이 내 볼에 입을 맞췄어요. 탱크의 옆쪽 출입구가 열리며 군인들이 쏟아져 나올 걸로 생각했죠, 그들의 발로 땅을 딛고 우리를 포위할 거라고 말이에요. 일 분도 걸리지 않는 일이었겠죠. 그런데 그런 일은 벌어지지 않았어요. 대신 탱크가 방향을 돌리더니 이십 미터 간격으로 줄을 맞춰서 천천히 우리 주변을 맴돌기만 했죠.

당시에는 생각을 못했지만, 미 구아포, 지금 당신에게 편지를 쓰다 보니, 헤로도토스가 떠올라요. 할리카르나소스 출신의 그 헤로도토스, 스스로 만들어낸 기계가 내는 소음 때문에 신들이 하는 말을 들을 수 없게 되어 버린 폭군에 관한 이야기를 맨 처음 쓴 사람이죠.

우리는 절대 군인들에게 저항할 수 없었을 거예요, 그랬더라면 그들이 우리를 어디론가 끌고 갔겠죠. 탱크는, 우리 주위를 돌면서, 의도적으로 조금씩 거리를 좁혀 왔어요. 서서히 올가미를 조여 온 거죠.

고양이들이 뛰어오르기 전에 어떻게 거리를 재는지, 어떻게 자기가 계산했던 바로 그 자리에 네 발을 한데 모은 채 착지할 수 있는지 알아요? 그게 그때 우리들 각자가 해야 할 일이었어요, 계산 말이에요, 얼마나 뛰어야 할지를 계산하는 게 아니라, 정반대였죠. 두려움에도 불구하고, 아무것도 하지 않고, 꼼짝하지 않겠다는 무서운 결심을 하기 위해 얼마만큼의 의지력이 필요할지를 계산해야 했어요. 아무것도 하지 않기 위해서 말이에요. 필요한 의지력을 과소평가하면 자신이 무엇을 하고 있는지도 알지 못한 채 대열을 깨고 나가기 십상이죠. 두려움이 떠나지 않은 채 커졌다 작아졌다 했어요. 그 두려움을 과대평가하면 일찍 지치게 되고, 그러면 끝을 보기 전에 쓸모없는 존재가 돼 버려 다른 사람의 도움을 받아야 해요. 서로 손을 잡고 있었던 게 도움이 됐어요, 계산된 에너지가 손에서 손으로 전해질 수 있었으니까요.

탱크가 공장을 한 바퀴 돌자, 팔을 뻗으면 닿을 정도로 가까워졌어요. 그물을 친 구멍 사이로 헬멧과 눈, 장갑을 낀 손들이 보였어요.

가장 무서웠던 건 그렇게 가까이서 바라본 강철판이었어요! 탱크가 한 대씩 지나갈 때마다, 그 표면, 인류가 만들어낸 가장 뚫고 들어가기 어려운 그 표면에서 눈을 뗄 수가 없었죠. 우리는 노래를 부르고 있었지만 ―조금 전부터 노래를 시작한 상태였어요― 숨어 있는 둥근 나사못, 빛이 나지 않게 동물의 가죽을 흉내 낸 표면의 질감, 대리석 같은 단단함과 그 똥색, 미네랄이 풍부한 똥이 아니라 썩은 똥 같은 그 색까지 모두 봤어요. 그 표면 앞에서 우리는 뭉개지기를 기다리고 있었죠. 그리고 그 표면에 맞서 우리는 매 초마다, 움직이지 않겠다고, 꼼짝도 하지 않겠다고 다짐해야만 했어요.

우리 오빠가요, 코토가 소리쳤어요, 우리 오빠가 적절한 순간에 적절한 위치만 찾으면 어떤 탱크든 파괴할 수 있다고 했어요.!

우리는 어떻게 그렇게 ―삼백 명이 하나같이― 계속 버틸 수 있었던 걸까요. 탱크의 캐터필러는 이제 우리가 신은 샌들 몇 센티미터 앞에서 돌아가고 있었죠. 우리는 움직이지 않았어요. 서로 손을 잡은 채 서로에게 나이 든 여인들의 목소리로 노래를 불러 주었죠. 그게 그때 일어난 일이고, 그게 우리가 그런 행동을 할 수 있었던 이유예요. 우리는 늙지 않았어요, 그저 나이가 들었을 뿐이었죠, 천 살쯤 됐을 거예요.

거리에서 기관총 소리가 들렸어요. 우리 위치에서는 무슨 일이 일어나고 있는지 제대로 볼 수 없었기 때문에, 지붕 위에서 우리보다 더 잘 볼 수 있었던 나이 든 자매들에게 신호를 보냈죠. 아파치는 독을 품은 것처럼 그들 위에 떠 있었어요. 그들의 동작을 보고 순찰차가 도주 중이던 누군가에 총을 쐈다는 걸 알았죠. 잠시 후 사이렌 소리가 울려 퍼졌어요.

다음 탱크가 다가오며 우리가 입고 있던 치마가 바람에 출렁였어요. 가만히 있었죠. 꼼짝도 하지 않았어요. 우리는 두려움에 휩싸였죠. 그리고 우리 할머니들의 쉰 듯한 목소리로, 노래를 불렀어요. 우리는 여기에 머무르기 위해 왔다! 우리의 무기라곤 이제 쓸모없게 되어 버린 자궁밖에 없었죠.

그랬어요.

그때 갑자기 탱크 한 대가 —그 순간에는 우리의 희미한 눈앞에서 벌어지고 있는 일을 믿을 수가 없었죠— 돌기를 멈추더니 공터 쪽으로 방향을 돌렸고, 나머지 석 대도 그 뒤를 따랐어요. 지붕 위의 나이 든 여인들이 환호성을 질렀고, 우리는, 여전히 손을 잡고는 있었지만 아무 말 없이, 천천히, 우리가 살아온 세월에 걸맞게 아주 천천히 왼쪽으로 걸음을 옮기며, 공장 주위를 돌았어요.

한 시간쯤 후에, 공장 안에 숨어 있던 일곱 명의 동료들이 빠져나갈 준비를 마쳤어요. 그리고 우리, 그들의 할머니들은 자신들의 젊은 시절이 어땠는지, 다시 젊어진다는 게 어떤 느낌인지를 기억하며 흩어졌죠. 십 분도 지나지 않아 새로운 소식을 알게 되었어요. 사람들이 입에서 입으로 전한 소식이었죠. 만다가, 음악선생 만다가 거리에서 총을 맞고 죽었대요. 우리 무리에 합류하러 오던 길이었는데.

류트는 다른 어떤 악기와도 달라요, 그녀는 이렇게 말하곤 했죠, 류트를 무릎 위에 놓고 자세를 잡는 그 순간부터 악기는 남자가 되거든요! 만다!

내가 살아 있는 한, 나는 당신의 것이에요, 미 구아포.

(보내지 않은 편지)

야 누르,

새로운 죽음은 우리를 위해 무언가를 준비해 주는데 ─물론 우리들의 죽음을 위한 무엇이겠죠─ 나의 죽음이지 당신의 죽음은 아니에요, 나로 하여금 당신의 죽음을 준비해 줄 수 있게 해주는 건 아무것도 없어요, 그냥 땅바닥에 주저앉겠죠, 당신의 머리를 무릎에 안은 채, 그들이 쏜 산탄형 폭탄이 터지고, 나는 당신의 죽음을 거부할 거예요. 새로운 죽음은 또한 우리에게 축제를 마련해 줘요, 그들의 코앞에서 벌어지는 축제지만, 거기에 대해 그들은 아무런 조치도 취할 수 없어요, 그들의 무인정찰기도 무용지물이 되겠죠. 그들이 만다에게 총을 쏘는 장면을 생각하고 있어요.

그녀를 묻어 주는 날 수백 명이 모였어요. 나중에는 그녀가 만든 노래를 몇 곡, 단지 몇 곡만 불렀죠, 그건 그들이 미칠 듯이 두려워하는 축제의 연습이었어요.

아주 조금이라도, 죽은 자들을 향하지 않은 노래는 이 세상에 없어요, 죽은 자들은 노래들을 주머니에 담죠, 그들만의 침묵의 주머니, 침묵의 앞주머니에 집 열쇠와 신분증, 지폐 몇 장, 그리고 한 자루의 칼과 함께 넣고 다니는 거예요. 나에게도 새로운 칼이 생겼어요, 미 카디마*, 소코가 준 거죠.

어쩌면 새 칼은 아닐지도 몰라요, 그녀도 길에서 주웠다는데, 미신 때문에 자기는 가지고 있고 싶지 않다고 하더라고요. 그래서 나에게 주면서 이렇게 말했어요. 선생님은 제가 아는 사람 중에, 확신하건대, 절대 자살하지 않을 것 같은 유일한 사람이에요!

민트를 잘게 다지거나 파인애플을 자를 때 그 칼을 쓰고 있어요. 손잡이가 뼈로 되어 있고 칼집도 있는데, 필요할 때면 그걸로 사람을 찌를 수도 있을 것 같아요.

죽은 자들이 우리들의 노래를 침묵의 주머니에 담고 나면, 침묵에 변화가 일어나죠, 그건 더 이상 멀리 떨어진 침묵이 아니라 가까이 있는 침묵, 함께 나누는 침묵이 되는 거예요. 아미테라, 빅토르, 야하, 에밀, 자카리아, 수잔, 나시, 발렌티나, 세자르의 침묵이 당신과 나처럼 아직 살아 있는 사람들에게도 나눠지는 거죠. 오늘 밤 만나와 나 사이에 있는 침묵처럼 말이에요.

광장에 있는 건물의 지붕 위에 달린 커다란 시계가 시간을 알려줘요. 시골에서 오는 기차가 도착할 때마다 —매일 아주 이른 시간에 한 번씩 오죠— 광장에 서서 그 시계와 자신의 호주머니에 든 시계의 시간을 맞춰 보는 영리한 인상의 남자가 있어요. 방금 기차를

* Mi Kadima. '앞으로' 라는 뜻의 히브리어이자 구약 성경에 나오는 말로, 여기서는 '나의 미래' 정도의 애칭.

타고 일자리를 찾아 도시로 올라온 양치기가 그에게 물어봐요, 거기에 그렇게 오랫동안 서서 무엇을 하고 있는 거냐고. 기다리고 있습니다, 남자가 대답해요, 제 일들 중 하납니다, 광장의 시계를 확인하는 거요. 큰 시계가 멈추면 이걸 —그는 자신의 시계를 가리키며 말해요— 보고 제대로 된 시간을 확인하고, 도시의 관리는 큰 시계를 다시 제 시간에 맞출 수 있는 거죠. 자주 멈추나 보죠? 일주일에 몇 번씩 그러는데, 그럴 때마다 그들이 내게 물어봐요, 그럼 정확한 시간을 알려 주고 그들에게 돈을 받는 거죠. 거의 일 달러 정도 줍니다!! 거저먹는 거죠. 사실 제가 일이 좀 많아요, 너무 많죠. 저기요, 선생님 인상이 참 좋아 보여서 드리는 말씀인데, 원하시면 이 일을 넘겨드리겠습니다. 이 시계 드릴 테니까, 이 일을 하려면 이 시계가 있어야 합니다, 오십 센트만 내세요!

이 이야기를 해주던 만다의 낮은 목소리가 생각나요. 다른 세상에서 그녀의 이름은 세브기*예요. 그녀는 어떨 때는 남자처럼 이야기하고, 또 다른 때는 여자처럼 이야기하고, 아니면 아이들만 할 수 있는 방식으로 이야기할 때도 있어요. 어떤 이야기냐에 따라 다르죠. 자갈이 깔린 광장이 보여요. 양치기의 얼굴이 보여요. 그는 이렇게 말했겠죠. 좋습니다! 돈은 큰 시계가 멈추는 걸 보고 나서 드리죠!

아보르 산 근처에서 그들이 만다를 쏴서 쓰러뜨렸을 때, 그들은 자신의 이야기들 속에 등장하는 그녀까지 모두 쓰러뜨린 거예요. 양치기가 영리한 남자의 속임수에 넘어가지 않았던 그 광장의 자갈 위에, 그녀의 피가 흘러요. 약국에 손님이 하나도 없을 때면, 그녀

* Sevgi. '사랑' '애정' 이라는 뜻의 터키어.

의 침묵과 대화하고 있는 나를 발견하곤 하죠.

오늘 집에 돌아와 보니 창턱에 핑크색 젤리가 담긴 큰 컵이 놓여 있었어요. 젤리 사이사이에 얇게 썬 딸기와 바나나도 보였죠.

아마의 방은 아주 작아요, 그래서 요리를 할 때면 가스버너를 지붕 위에 올려놓고는 문을 열어 놓은 채 침대에 앉아 살피죠! 팬을 두 개 올릴 수 있을 정도 크기의 버너. 그녀는 엉뚱한 시간에 요리를 하곤 하는데, 오늘 아침엔 딸기 젤리를 만들었나 봐요.

바클라바*를 사면, 너무 많이 먹는 것 같아서 자주 사지는 않지만, 따로 조금 챙겼다가 벌들이 몰려들지 않게 스카프로 덮어서 그녀의 창턱에 올려놓죠. 그런 작은 선물들에 대해선 서로 감사의 말을 전하거나 그러지는 않아요. 그건 관심의 쉼표 같은 것들이에요.

일주일 전 어느 날 저녁에, 소년 하나가 약국에 들어와서는 지난 스물네 시간 안에 갈색 고양이 한 마리를 본 적이 없는지 물었어요, 이름이 폭스라고 하면서. 아니, 고양이는 못 봤는데, 라고 대답했죠. 아이는 모르는 얼굴이었는데, 어쩌면 열일곱 살 정도 됐을지도 모르겠네요. 그 아이가 총을 들고 있는 모습을 쉽게 그려볼 수 있었지만, 그날 저녁엔 무기를 들고 있지는 않았어요. 소년은 짙은 눈에, 구레나룻을 기르고, 콧수염까지 가늘게 기르고 있었죠. 나긋나긋해 보이는 몸이었어요. 마지막으로 봤을 때 녀석은, 그가 말했어요, 겁을 집어먹고는 공터를 가로질러서 아이스크림 공장 쪽으로 갔거든요. 나는 고개만 끄덕였어요.

만약 녀석을 발견하고 잡아 주면 좋겠지만, 잡지 못하더라도 보이면 저한테 전화해 주세요. 여기 제 휴대폰 전화번호예요. 그는 이

* 근동 지방 과자의 일종.

미 번호가 적혀 있는 쪽지를 내게 내밀었어요. 그 고양이는 네 거니? 내가 물었죠. 그는 그 정도 눈치도 없냐는 듯한 표정으로 나를 쳐다봤어요.

게마 할머니 거예요, 그가 말했죠, 연세가 아흔이시고 혼자 사시는 분이에요. 고양이를 못 찾으면 할머니가 어떻게 되실까 봐 무서워요. 어제도 한잠도 못 주무셨거든요. 몸 색깔 때문에 이름을 폭스라고 지었다고 하시더라고요.

유심히 살펴볼게, 그렇게 말할 때 그와 눈이 마주쳤는데, 그 순간 우리 두 사람이 같은 것을 생각하고 있다는 걸 알아차렸죠. 아흔까지 산다는 건 어떤 기분일까 하는 거요!

고맙습니다, 그가 말했어요, 정말 고맙습니다.

관심의 쉼표! 그런 작은 일들로 하루를 마감하는 건 장기수들이 배워야 할 것이겠죠, 안 그런가요? 하지만 며칠째 당신에게 편지를 쓰지 못하고, 몇 주 동안 당신의 편지를 받지 못하면, 쉼표만으로는 충분하지 않게 돼요! 두 줄의 노래가 필요해요. 빌어먹을 쉼표나 종이에 적힌 글들 앞에서 불러야 할 노래가!

나의 욕망은 나의 마스카라
당신을 보면, 내 눈은 빛나지!

당신의 A.

미얀마의 감옥에서 칠 년 가까이 수감된 적이 있는 흐테인 린*이라는 화가의 그림을 봤다. 그는 버려진 죄수복의 흰 천을 빨아서 그 위에 그림을 그렸다고 한다. 손에 넣을 수 있는 건 그것뿐이었다. 감옥에서 배급해 주던 비누로 조각도 했다. 그는 2004년 미아웅미아 교도소에서 풀려났다. 그가 우리에게 그림을 한 점 보내 줄 수 있을지 궁금했는데, 정말 그런 일이 일어났다.

두리토가 그림을 받아서 접어 두었다가, 주머니에서 꺼냈다. 모두 지켜봤다. 그는 그림을 펼쳤다. 투우사의 카파처럼 우리 앞에서 펼쳐 보였다. 다만 카파보다 훨씬 얇고, 성기고, 흰색 면이고, 남자 상체를 덮을 정도의 크기였다. 면에는 색칠된 동그라미 받침대가 그려져 있는데, 학교 교실에 있는 지구본이나 탈의실에 있는 회전거울처럼 보인다.

동그라미 안에 남자의 부츠가 그려져 있다. 오른쪽 신발. 물감을 주사기로 뿌린 다음 손가락으로 문질러서 색을 입혔다고 한다. 검은색은 가정용 비닐 페인트였다. 부츠의 끈이 풀려 있고 그 위로 혀가 나와 있다. 부츠 안에는 나뭇가지가, 과실수나 올리브나무의 가지처럼 보이는데, 한 다발 들어 있고, 그 끝에는 꽃봉오리 대신 시계 문자판이 달려 있다.

* Htein Lin(1966-). 미얀마의 화가이자 행위예술가. 군부독재 시절 칠 년형의 군사재판을 받고 무고한 옥살이를 했으며, 석방되기 전까지 삼백여 점의 그림과 천 점이 넘는 신문 삽화를 빼내어 2007년 영국 런던의 아시아하우스에서 전시해 주목받음.

문자판의 크기는 모두 다르다. 어떤 것은 손목시계만하고, 맨 위에 종이 달린 오래된 알람시계만큼 큰 것들도 있다. 각각의 시계들이 가리키는 시각은 알아보기가 어려운데, 모두 다른 시각을 가리키고 있는 것처럼 보인다. 아마 어떤 시계는 오전을, 다른 시계는 오후를 가리키고 있을 것이다. 분명한 것은 그 그림 안에 여남은 개의 서로 다른 시간이 있다는 것, 그리고 그들은 서로 화해할 수 없다는 것이다.

우리는 그 그림 덕분에 흐테인 린이 감옥 생활을 겪어 본 사람임에 틀림없다는 것을 알아보았다. 돌아가면서 우리들 방에 걸어 놓기로 결정했다. 접어서 주머니에 넣고, 다시 꺼내 보면서, 우리들 자신의 부츠를 치우고, 다른 시간들에 대해 생각한다. 그리고 다음날이면 그림이 그려져 있는 접힌 면 조각은 다른 동지의 방으로 간다.

미 소플레테,

밤에도 기온이 떨어지지 않았고(사십일 도였어요), 아침에 약국에 와 보니 거의 찜통이네요. 게다가, 단전 때문에 선풍기를 돌릴 수도 없어요. 가끔은 마치 그들이 계절까지 앗아간 게 아닌가 하는 생각이 들 정도예요. 특히 낮에 그런 생각이 들어요.(밤에는 그들이 우리보다 더 두려워하죠)

소코를 만나러 갔어요. 불쌍한 그녀가 남편을 잃은 후 처음 찾아간 건데, 그녀가 아무런 불평도 하지 않는 걸 보고는 놀랐어요. 이상하죠, 그렇지 않아요? 어떻게 상실감이 그런 용기의 정수를 촉발시킬 수 있는 걸까요?

소코, 남편을 잃은 슬픔에서 빠져나오지 못하고 자신도 천국에 데려다 달라고 기도만 하던 그녀가, 아주 차분한 사람이 되었어요. 더 이상 잃어버릴 게 없어졌다는 사실과 관련이 있는 걸까요? 확실히 모르겠어요. 오 년 전에 사라졌던 그녀의 조카가 런던에서 배관공 일을 하며 지내고 있다고 소식을 전해 왔대요. 변호사가 되려고 과정을 밟던 사람인데, 알 라디오가 문을 닫으며 도피생활을 시작했죠. 그녀에 따르면, 그 조카가 당신을 한 번 만난 적도 있다고 하더군요.

백내장을 앓고 있으면서도 그녀는 여전히 옷 만드는 일을 해요. 돈이 없으면, 그녀가 다시 말해요, 아무것도 없는 거예요, 아무것도. 하지만 이번엔 이전과 조금 다른 어조로 말했어요, 마치 그 말 자체가 이미 해결책을 분명히 보여주었다는 투였죠.

그녀는 자기가 만든 살구 타르트를 꼭 먹어야 한다고 했어요. 말린 살구로 만든 타르트를.

전기는 그때까지도 안 들어왔고, 탁자에 놓여 있던 두 개의 초는 거의 다 타 버린 상태였죠. 잠깐만 기다려요, 그녀가 말해요, 새로 가지고 올게요. 그녀는 서랍을 뒤지더니 새 초 두 개를 들고 다시 나타났죠.

그녀는 촛대의 홈에서 가늘게 타고 있던 불꽃으로 초의 바닥을 살짝 녹인 다음 단단히 고정시켜요. 똑바로 섰나요? 그녀가 물어요. 나는 못 보니까, 말해 줘요. 똑바로 서 있나요? 초를 바꾸는 건 항상 남편의 일이었거든요, 그녀가 설명하듯 말했어요. 똑바로 서 있나요? 그녀가 다시 물었어요. 똑바로 세우지 않으면 촛농이 떨어지잖아요.

조금만 오른쪽으로요, 내가 말해 주죠, 이제 완벽해요.

그녀가 두번째 초를 촛대에 꽂아요. 똑바로 선 게 확실하죠? 나는 고개를 끄덕여요. 똑바로 세우지 않으면 촛농이 떨어지잖아요. 완벽해요. 내가 말해요. 남편은 각도에 굉장히 민감했어요! 그녀가 말해요, 그래서 초를 똑바로 세울 때마다 시간이 꽤 걸렸죠.

갑자기 나는, 나도 모르게 그녀의 이름 소코를 크게 외치며 울고 있었어요.

타르트를 먹을 수가 없었어요, 설명할 수도 없었죠. 죽을 만큼 피곤했고 그녀는 내게 긴 의자에 누우라고 했어요. 시키는 대로 했죠.

우리는 피로를 잊고 있었어요, 미 소플레테, 피로는 그녀의 남편 알렉스가 촛불을 세울 때처럼 아주 인내심이 강하죠. 피로는 기다릴 줄 알고 녹이랑 비슷해요. 피로는 가장 강한 의지까지 갉아먹고, 가장 뜨겁던 희망도 붉은 먼지로 바꿔 버리고, 모르는 사이에 우리의 에너지를 해쳐요. 피로는 끊임없는 유예에 종지부를 찍고 싶어하죠. 마침내 가장 빠른 대답을 택하는 거예요. 무엇보다도, 피로는 조용함을 좋아하는데, 그것이 죽음이 가지는 조용함이라는 사실에도 더 이상 아랑곳하지 않아요.

사랑하는 사람이 고통스러워하는 것을 돌봐 주다 보면, 어느 시점엔가 호숫가에 도착해 있는 걸 발견하게 되고, 그때는 그 고요함이 주는 즐거움으로 서로를 마주보게 돼요.

(보내지 않은 편지)

미 골론드리노,

이 년 전 겨울이었던 것 같은데, 왜 어떤 남자 이야기를 한 적 있잖아요, 어느 날 밤 약국에 찾아와서 급히 단 걸 달라고 했던 당뇨병 환자 말이에요. 말했던가요? 그때 그는 제정신이 아니었어요, 하지만 운이 좋아서 그랬는지, 다행히 제가 약국에 있었죠. 그가 필요로 하던 걸 줄 수 있었고, 그렇게 그는 떠났어요. 외국인 억양이 좀 있었지만 어디 출신인지는 물어보지 않았고, 그는 자기 이름도 알려주지 않았죠. 머릿속으로 당신에게 말을 너무 많이 하기 때문에, 어떤 이야기를 편지에 적었는지 안 적었는지 헷갈릴 때가 종종 있어요. 감옥이 없는 도시에서라면 —그런 도시가 단 한 군데라도 있기는 할까요— 편지에 그렇게 많은 이야기를 적을 일도 없겠죠.

당신의 편지를 자주 다시 읽어 봐요. 밤에는 안 읽죠. 밤에는 그 편지들을 다시 읽는 게 위험할 수 있거든요. 아침에 커피를 마시고 일하러 가기 전에 그것들을 읽어 봐요. 밖으로 나가 하늘과 지평선을 바라보죠. 가끔은 지붕 위에 올라갈 때도 있어요. 어떤 때는 밖으로 나가 길 건너 쓰러진 나무에 걸터앉기도 하고요, 거긴 개미들이 많아요. 그래요, 아직 많아요. 그렇게 자리를 잡고 얼룩진 봉투에서 당신의 편지를 꺼내 읽는 거죠. 그렇게 읽는 동안, 사이의 날들이 기차의 화물칸처럼 툭툭 끊어진 채 스쳐 가요! 사이의 날들이 무슨 의미냐고요? 지금 읽고 있는 편지를 마지막으로 읽었을 때와 지금 사이죠. 그리고 당신이 그 편지를 썼던 날과 그들이 당신을 잡아간 날 사이이기도 해요. 또 교도관들 중 누군가가 그걸 부쳤던 날과 내가 지붕 위에 앉아 그걸 읽고 있는 날 사이이고, 우리가 모든 것들을 기억해야만 하는 이런 날과 우리가 모든 것을 가진 다음 그것들을 잊어버려도 되는 날 사이예요. 그날들이 바로, 내 사랑, 사이의 날들이고, 여기에서 가장 가까운 기차선로는 이백 킬로미터 떨어져 있죠.

오늘 아침에 당신이 있는 수제에 가서 새로운 카드를 한 벌 샀어요. 시장을 돌아다니다 오렌지를 파는 가판대를 지날 때 어떤 남자가 나에게 다가와 말했어요.

선생님께 감사하단 말을 못 했네요.

감사요? 무슨 말씀인지?

이 년 전 수크라트에서 제 목숨을 구해 주셨잖아요.

제가요?

설탕 주셨잖아요.

설탕 말씀인가요, 아니면 암페타민 말씀인가요?

아주 늦은 밤이었습니다.

그제서야 그가 기억났어요. 그의 무거워 보이던 어깨와 독특한 억양, 그리고 그의 화, 혈당이 얼마나 낮았는지를 짐작할 수 있게 해주었던 그의 화도 기억났죠. 편지에서 당신에게 말했던 것 같은 그 남자, 한밤중에 약국으로 찾아왔던 바로 그 남자였어요.

저기 옆길에 저희 집이 있거든요, 이발소 뒤에요, 그가 말했어요, 괜찮으시다면 저희 집에 모시고 가서 커피 한 잔 대접해 드리고 싶은데요. 이런 날이 오기를 이 년 동안 기다렸습니다.

제가 시간이 별로 없어서요.

저도 시장에서 청소부로 일하는데, 한 시간 안에 일을 시작해야 하거든요, 그러니 얼른 커피 한 잔만 하시죠.

징 그러시다면.

우리는 이발소 옆의 좁은 골목을 내려갔어요.

저기서요, 머리를 깎거나 면도를 하고 있는 남자들을 턱으로 가리키며 그가 말해요, 대부분의 기도보다는 저런 곳에서 더 많은 진실이 나오죠!

시장에서 일하신 지는 오래됐어요?

오 년이요. 저의 소명을 따르기로 결심한 후로 줄곧 여기서 일했어요.

소명?

대답 대신, 그는 문의 자물쇠를 풀어요, 문이 밖으로 열리자 그는 들어오라는 뜻으로 팔을 내밀어 안내하는 시늉을 해요.

누추하지만, 댁처럼 편안히 계셔 주셨으면 합니다. 커피는 이탈리아식으로 할까요, 터키식으로 할까요?

아무거나 편한 대로 해주세요.

그냥 가는 방법만 다를 뿐인데요, 뭘. 그가 방 한쪽 구석에 벽장처럼 생긴 곳 안으로 사라지더니 커피 그라인더에 전원을 켰어요. 송진처럼 떨떠름한 커피향이 방안을 가득 채웠죠.

방은 작았어요. 아주 작은 상점, 아마 잡화점으로 쓰였던 자리 같았죠. 한쪽 벽에 침구류가 단정하게 정리되어 있고, 창문 옆에 아주 큰 탁자와 의자 두 개가 놓여 있었어요. 다른 건 아무것도 없었어요. 커튼, 깔개, 벽에 걸린 그림, 천장 조명도 없었죠. 탁자 위에 놓인 독서등 하나가 전부였어요.

커피 향이 좋네요.

이따가, 귀한 손님, 직접 드셔 보시고 판단해 주세요.

당신 소명이 뭔지 물어봐도 될까요?

제 소명은, 그가 벽장 문 앞에 서서 대답했어요, 시인이 되는 거였습니다.

'였다' 고요?

제가 알기도 전에 이미 정해져 있었던 거죠. 그걸 알기까지 삼십 년이 걸렸네요. 그 전에는 카펫 장사를 했어요. 물론 현재의 소명도 시인이 되는 겁니다, 말할 필요도 없죠. 원하시면 탁자 위에 놓인 거 보셔도 돼요.

창문 옆에 놓인 기다란 탁자 위에, 여남은 장의 종이가 있었어요, 같은 크기의, 정성스럽게 정리된 —꼭 돌계단처럼요— 종이들이 왼쪽에서 오른쪽으로 배열돼 있었죠. 한 장 한 장에 작고 단정한 손글씨가 빼곡히 적혀 있고, 자주 수정하고 지운 흔적이 보였어요. 문단 옆에 연필로 쓴 커다란 물음표가 붙어 있는가 하면, 주의 표시가 붙어 있는 문장도 있었죠.

왼쪽 여백이 일정하고 짧은 문단의 길이가 들쭉날쭉한 것으로 보아 거기 적힌 것들이 시라는 걸 알 수 있었어요. 역시 작은 글씨로 빽빽한 종이 몇 장이 창턱에도 있었죠. 나는 단 한 단어도 읽을 수 없었어요. 터키어처럼 보이네요. 내가 물었죠.

그렇기도 하고 아니기도 합니다. 저는 타우루스 산악지대의 언어로 쓰거든요, 제 모국어죠. 온종일 혼자 있기 때문에 저녁이면 이야기를 듣고 싶어해요.

그는 사물들이 눈에 보이는 것과는 다를 수 있다는 걸 내가 알아차렸는지 확인하는 듯, 특별한 표정으로 날 쳐다봤어요. 적선을 받은 후에 그런 표정을 지어 보이는 거지들이 있죠. 그 표정은 이렇게 말해요. 당신을 선택한 나에게 고맙다고 해야죠!

그가 벽장 쪽에서 뭘 하고 있는지 보려고 다가갔어요. 구리 냄비 안의 커피가 두번째로 끓어오르자 그는 마지막으로 차가운 물을 한 순갈 더 넣었어요. 근처의 빈자리에는 — 가스 풍로 근처, 대야 옆, 거울 아래 — 어김없이 종이가 놓여 있고, 거기에도 똑같이 정교한 손글씨가 가득 있었죠. 그는 구경하는 나를 지켜봤어요.

글을 쓸 땐 여기저기 돌아다녀요, 특히 해가 뜨기 전 이른 아침에요. 커다란 탁자 옆에서 글이 생각나지 않으면, 간이의자를 들고 문 옆에 앉기도 하고, 아니면 이리로 와서 빵을 먹거나 이를 닦죠. 아라라트 산에서 곡술 고지대까지, 혹은 킬리키아 고개까지 계곡에서 계곡으로 돌아다녀요.

다시 한번, 그는 그 거지 표정을 지어 보였어요.

그리고 그가 커피를 건넸어요. 한 모금 마셨죠. 오랜만에 맛보는 최고의 맛이었어요. 나는 탁자 옆에 놓인 간이의자에 자리를 잡고 앉았어요.

한 편의 긴 시를 쓴 건가요?

아마 어떤 시인도 한 편 이상의 시를 쓸 순 없을 거예요, 평생 걸리는 일이죠. 어쩌면 본인은 짧은 시들을 여러 편 쓰고 있다고 생각할지 모르지만 사실은 그것들도 모두 긴 시 한 편의 일부에 불과해요.

무엇에 관한 거예요?

삶과 삶의 풍성함을 축복하는 내용이에요. 시장 청소를 하면서, 귀를 기울이죠, 항상 귀를 기울이는데 가끔 귀에 들리는 단어들이 참 적절하다는 생각이 들 때가 있으면, 그걸 기억하는 거예요. 늘 귀를 열어 놓고 집중하는 일이 — 당뇨에는, 선생님도 아시겠지만— 귀를 막고 눈을 가리는 것보다 더 위험하지만.

저한테 한두 줄만 번역해서 들려줄래요? 내가 물어요.

커피는 괜찮으세요?

잊을 수 없을 맛이네요.

마신 후에도 사십 분 동안 두 눈 사이에서 그 맛을 느끼실 수 있을 거예요. 주변 상황이 아주 고요할 때는요. 어제는 아파치 헬기의 로켓 공격을 당했죠.

몇 줄만?

선생님께 커피를 끓여 드리고 제 비밀을 보여드리고 싶었어요, 목숨을 구해 주셨으니까요.

몇 줄만?

그럼 번역하지 않고 조금 들려드릴게요. 선생님은 비밀을 듣겠지만, 그러고 나서도 그건 여전히 비밀일 거예요.

방안에 울리는 그의 목소리가 달라졌어요, 마치 어떤 나무 아래서 있는 것만 같은 기분이었죠. 나는 아무것도 묻지 않은 채 단어들이 흘러가게 내버려두었어요. 그때 그가 말했어요.

사람들은 비밀은 아주 작은 거라고 생각하잖아요, 그죠? 소중한 보석이나 날카로운 돌이나 칼처럼, 작아서 숨길 수 있는 무엇이라고 말이에요. 하지만 아주 큰 비밀들도 있어요, 너무 크기 때문에 직접 팔로 그 크기를 재어 보지 않은 사람들에겐 숨겨진 채 남아 있는 그런 비밀들. 그런 비밀들은 바로 약속들이에요.

그가 다시 그 거지 표정을 지어 보였어요.

나는 마지막 남은 맛있는 커피를 마저 마시고, 고맙다고 인사했어요, 그리고, 떠나려고 할 때, 그가 처음으로 자기 이름을 알려 줬어요. 하산.

늦은 밤 당신에게 이 편지를 쓰고 있어요. 사이의 날들이 기차의 화물칸처럼 툭툭 끊어진 채 이어지던 오늘 아침에, 당신의 편지를 다시 읽었던 것을 생각하고, 당신이 감방에서 읽는 나의 편지를 생각하고, 그리고, 우리의, 당신과 나의 아주 큰 비밀들을 떠올리며 미소 지어요.

기온이 영하로 내려간 오늘 아침 실비오가 운동장 한쪽 모퉁이에서 흰색 새끼 고양이를 발견했다. 처음엔, 그가 말했다, 눈덩인 줄 알았어. 녀석이 어디서 왔는지는 아무도 모른다. 아마 감시탑에서 떨어졌을 것이다. 하지만 거기는 어떻게 간 걸까. 감시탑의 지붕에서 떨어졌을지도 모른다. 하지만 거기는 어떻게 간 걸까. 녀석은 모퉁이의 아스팔트 위에 죽은 듯이 꼼짝 않고 있었다. 실비오가 가까이 보기 위해 몸을 웅크렸다. 교도관이 황급히 다가와 우지 기관총으로 그를 겨눴다. S는 몸을 일으키고 천천히 걸어가 교도관과 협상을 했다. 카뎀이 수의사였으니 돌봐 줄 수 있을 거라고 했다. 교도관은 휴대폰으로 수감자들의 기록을 확인했다. 십오 분 후, 고양이를 휴게실로 옮겨도 좋다는 허락이 떨어졌다. 녀석을 살펴본 카뎀은 구할 수 있는 방법이 없다고 했다. 등이 부러졌는데, 그럴 일은 없겠지만, 할 수만 있다면 주사를 놔서 안락사를 해주고 싶다고 했다. 그는 난로 옆에 있는 담요 위에 녀석을 뉘었다. 새하얀 입이 조금 벌어지며 이빨보다 조금 덜 하얀 혀가 보였다. 가끔씩 녀석은 쌕쌕 소리를 내며 숨을 내쉬었고, 눈을 뜨기도 했다. 그러더니 몸을 옆으로 굴리고 네 발을 쭉 뻗었다. 마치 뛰어오르려는 듯 뒷발을 쭉 내밀고 앞발을 앞으로 모았다. 모두들 말없이 그 모습을 지켜보았다. 녀석은 앞발로 얼굴을 닦았는데, 귀에서 시작해 새하얀 입, 눈까지 차례대로 문질렀다. 눈을 닦을 때는 마치 삶에 대한 환상을 닦아내 버리는 것만 같았고, 그렇게 녀석은 죽었다. 아무도 말이 없었다. 분위기가 수상하다고 생각한 교도관 두 명이 총의 안전핀을 풀었다 잠궜다 하며 두리번거렸다. 카뎀은 미소를 띤 채 담요에 싼 고양이를 들었다. 아무도 말이 없었다. 모두 침묵하는 가운데, 카뎀이 낮게 웅얼거렸다. 상처만 입고 간 거야.

녀석은 탈출했다.

미 구아포,

아주 오래된 기억이 있어요. 너무 오래돼서 그게 어린 시절에 실제로 있었던 일인지 아니면 어릴 때 누군가에게 들은 이야기인지도 구분이 안 가네요. 종종 당신의 나이 든 여인은 어린 시절의 기억들이 모두, 부분적으로는 소문이 아닐까 생각해 보기도 한답니다. 어릴 때는 너무 많은 것을 너무 빨리 배우기 때문에 맨 처음 무언가를 알게 된 상황을 잊어버리죠. 내가 죽음을 처음 이해한 건 언제였을까요. 그건 내가 스스로 알게 된 걸까요, 아니면 누군가 근엄하게 얘기해 줬던 걸까요. 물이 항상 낮은 곳으로 흐른다는 건 어떻게 알게 되었을까요. 이건 혼자 알아낸 것 같네요.

당신과 함께 나누고 싶은 기억이 있어요. 여자들, 남자들, 나이 든 사람들, 아이들의 비밀스러운 습관에 관한 거죠. 사람들은 그 습관을 어렴풋이 알게 되지만, 그렇다고 애써 밝히려고 하지도 않아요. 그건 그냥 너무 빨리 자연스러운 것으로 생각되어 버리죠.

나무들이 바람에 흔들리는 모습을 유심히 한번 보세요. 동물들이 얼마나 조심스럽게, 하지만 독립적으로 각자의 길을 가는지도 —달리고, 잠복하고, 천천히 걷고, 날고— 보세요. 물고기들이 헤엄치는 것도 마찬가지예요! 73호 감방에 있는 당신이 미소 짓게 하고 싶어요. 뭔가를 고칠 수 있는 방법을 알았지만 아직 직접 확인해 보지는 않았을 때 당신의 얼굴에 떠오르는 그런 미소, 당신의 반쯤 숨은 미소를.

이제 인간들의 삶을 한번 생각해 보세요, 그들의 매 순간, 매일의 삶들을요! 인간들의 삶은 어떤 합의된 규칙성에 의존하고 있는데, 각자가 그 규칙성에 나름 기여를 하고 있죠. 그 규칙성을 유지하는 것이 바로 제가 말한 잃어버린 습관이에요.

매일 시장에 신선한 과일이 들어오고, 밤이면 가로등에 불이 켜지고, 편지를 앞문 밑으로 밀어 넣고, 성냥갑 속의 성냥은 모두 같은 방향으로 넣고, 라디오에선 음악이 흐르고, 낯선 사람들끼리 미소를 주고받는 것들이, 모두 그런 습관으로 설명이 되죠. 그 규칙성에도 박자가 있어요, 아주 희미하고, 들리지 않을 때가 많고, 그리고 동시에 심장박동과 비슷하죠.

그곳에 환상이 들어설 자리는 없어요. 그 박자가 외로움을 그치게 해주지도 않고, 고통을 치유해 주지도 않으며, 전화로 그 박자를 전해 줄 수도 없죠. 그건 다만 당신이 어떤 공통의 이야기에 속해 있다는 사실을 일깨워 줄 뿐이에요.

지금 우리의 삶은 끝없는 불규칙성에 빠져 버렸어요. 그런 삶을 강요한 자들이 오히려 우리의 불규칙성을 두려워하고 있죠. 그래서 그들은 우리를 몰아내기 위해 담장을 세워요. 하지만 모든 걸 막을 수 있을 만큼 긴 담장은 불가능하고, 어떻게든 돌아가는 길은 있기 마련이죠, 위로든 아래로든.

곧 만나요. 당신의 아이다.

우리가 이십 년 전에 하고 있던 일을 생각하면, 당시 상황이 얼마나
아슬아슬했는지를 떠올리고 놀라게 된다. 당시 투쟁에 빠져 있던 우리는
대부분 그 아슬아슬함을 무시하거나 보지 못했다. 그런 생각이 이상하게도
지금 맞서고 있는 상황에 대해서 확신을 가질 수 있게 해주는 것은,
그런 아슬아슬함이야말로 우리의 힘을 암시해 주기 때문이다.

미 구아포,

어떻게 보낼 수 있었는지 모르겠지만 재스민 화분 고마워요. 지금 재스민 벌판에 누워 있는 것만 같아요.

샤워하는 동안 한 가지 생각이 떠올랐어요. 모든 고통은, 어느, 시점에는, '아니요' 라는 단어로 흘러갔다가, 다시 계속돼요. 마찬가지로 모든 즐거움은 '네' 라는 단어로 흘러갔다가 계속되죠!

당신에게 나는 '네' 라고 말해요. 우리가 살아야만 하는 삶에 대해 나는 '아니요' 라고 말하죠. 하지만 나는 그 삶이 자랑스럽고, 우리가 한 일이 자랑스럽고, 우리가 자랑스러워요. 이런 생각을 할 때면, 제삼자가 돼요, 나도 당신도 아닌, 그리고 당신도 똑같이 제삼자가 되죠. 그 어떤 '네' 나 '아니요' 를 넘어선 곳에서 말이에요.

오늘은 내 생일이라서 온종일 '네' 만 반복했어요. 거울 속의 내 모습을 바라봐요. 나는 서 있고, 머리도 풀고, '네' 라고 말해요. 부드러운 내 피부를 느끼고 새카만 내 머리를 바라보며 '네' 라고 말해요. 어디선가 연인이 사랑하는 사람의 상체를 장뇌(長腦)에, 가운데 부분을 호박에, 하체를 사향에 비유한 글을 읽었던 걸 기억하며, '네' 라고 말해요.

내 팔다리가 이렇게 긴 건 나보다는 당신에게 보이기 위해서겠죠. 그 때문에 그것들이 내게 화를 내요. 그것들은 —느릿느릿 움직이며— 자기들이 당신과 함께 있을 수 없는 게 나 때문이라고 넌지시 암시하고, 그런 기분에서 더 많이 움직일수록 나를 용서할 수 없다고, 앞으로도 절대 용서하지 않겠다고 강하게 말하죠! 도대체 너희가 뭐라고 생각하는 거야? 화가 난 내가 물어요. 우리는 행복이야, 라고 그것들은 대답하죠.

눈을 감고, 감옥을 생각해 보라고, 감방 안에서 서성거리고, 앉고, 가만히 서 있고, 웅크리고, 잠이 드는 게 어땠는지 기억해 보라고 말해요. 그리고 잠시 팔다리도 나와 함께 기억을 떠올리죠. 감옥에선 몸도 자신만의 영역을 빼앗기죠. 다른 소지품과 마찬가지로, 그 안에 들어서는 순간 몸도 압수당해요. 그리고 풀려날 때, 손목시계와 팔찌, 지갑, 손톱깎이 등은 돌려받지만, 몸이 잃어버린 영역은 이미 사라져 버렸기 때문에 천천히 다시 찾아와야 해요, 한 지역 한 지역씩 그렇게.

눈을 뜨고 다시 거울을 봐요. 지금은 감옥에 있지 않기 때문에, 내 팔다리는 당신을 유혹하고, 자기들의 행복을 당신에게 전해 주고 싶어해요.

네, 네, 네, 네. 각각의 '네'는 초대한 친구들에게 내놓을 각각의 요리예요. 야채를 썰고, 고기를 꼬챙이에 꿰고, 반죽을 만들고, 달걀을 풀고, 콩을 으깨고, 팬케이크 재료를 준비하고, 통마늘을 까고, 민트를 자르고, 몰로키아를 채 썰어요. 손님들에게 그 모든 요리가 천국에서 내려온 것처럼 믿게 만들고 싶어요. 네.

많은 요리, 많은 '네'들, 오늘 밤 손님들이 당신에 대해 물어보면 나는 확신이 담긴 미소를 지어 보일 거예요. 그리고 시바 여왕의 전갈을 전해 주고, 폐허 위에 그녀의 도시를 세웠던 후투티를 생각할 거예요.

네, 태양이 뜨고 이제 바람도 일어요, 그렇게 우리 셋이 되었네요. 보세요, 내 사랑, 건너편에 있는 유칼립투스 보이죠? 뒤꿈치를 들고 문 앞에 서면, 참 나는 길게 펄럭이는 흰색 치마를 입었어요, 그 나무가 보이는데, 세찬 바람에 크게 휘청거리는 것이, 꼭 춤을 추고 있는 것만 같아요! 당신이 보트를 만들 수도 있겠다고 했던 그 커다란 둥치에서 나무껍질이 떨어졌어요. 내가 틀렸어요. 유칼립투스는 정말 춤을 추고 있었어요! 녹색 가지가 돛처럼 펼쳐지고, 나뭇잎들은 모두, 모든 여성들 중 가장 여성적인 모습으로 우아하게 흔들려요. 얼마나 즐거운지요. 우쿨렐레* 유칼립투스. 너무 우울해요! 내 생일이.

나중에 저녁을 준비하다가, 나도 춤을 춰요. 바닥을 쓸고 식탁보를 깔고 의자를 놓고 빵을 꺼내고 버섯을 요리하고 파인애플을 껍질째 써는 사이사이에, 그리고 식탁에 꽃을 꽂고 고기를 뒤집고 잔을 닦는 사이사이에, 춤을 춰요. 네, 네, 네, …친구들이 많이 오고 있어요.

마지막까지 남아 있던 손님도 떠나고 창턱에 놓인 당신의 재스민 화분이 새날의 빛을 기다리고 있어요. 창밖에선 새들이 시끄럽게 울고 있네요. 침묵을 채우고 있는 거예요, 죽은 자들이 남겨 놓은 침묵을. 가끔 견딜 수 없는 그 침묵. 아미테라, 자카리아, 수잔, 빅토르, 에밀, 야하, 세자르의 침묵.

하지만 그 침묵엔 줄무늬가 있어요, 분명 말하지만, 거기엔 부드러운 줄무늬가 있죠. 의심이 된다면, 새들이 짓고 있는 둥지의 안쪽을 손가락으로 만져 봤던 기억을 되살려 보세요. 그 안락함과 부드

* 하와이 원주민의 기타와 비슷한 4현 악기. 여기서는 '우쿨렐레 유칼립투스'라고 하여, 흔들리는 나무의 춤추는 듯한 율동감을 살리기 위한 일종의 언어유희.

러움은 끝없는 침입과 충돌의 결과로 생겨난 것이고, 또한 세대를 거쳐 전수된 아주 영리한 지혜를 활용해 잘 휘고, 질기고, 강한 재료만으로 둥지를 지은 결과이기도 하죠. 한번 만져 보세요….

당신을 만져 보기 위해 잠깐 준비해요. 그런 다음 우리 함께 잠들어요. 잠은 최초의 집이에요, 지붕도 없고 벽이나 침대도 없는 집. 그런 것들은 뒤에, 잠에 영감을 받아 등장하는 거예요. 오늘 밤, 제 생일 다음날, 당신을 그 맨 처음 집으로, 내 사랑, 안내할게요. 괴물 같은 문 밑으로 그 잠을 밀어 넣을게요, 그 안에 내가 있을 거예요.

당신의 아이다

야 누르,

잠은 최초의 집이에요, 지붕도 없고 벽이나 침대도 없는 집. 그런 것들은 뒤에, 잠에 영감을 받아 등장하는 거예요. 오늘 밤, 당신을 그 맨 처음 집으로, 내 사랑, 안내할게요. 괴물 같은 문 밑으로 그 잠을 밀어 넣을게요, 그 안에 내가 있을 거예요.

오늘 밤, 당신의 아이다

오늘 밤의 탈출 경로.

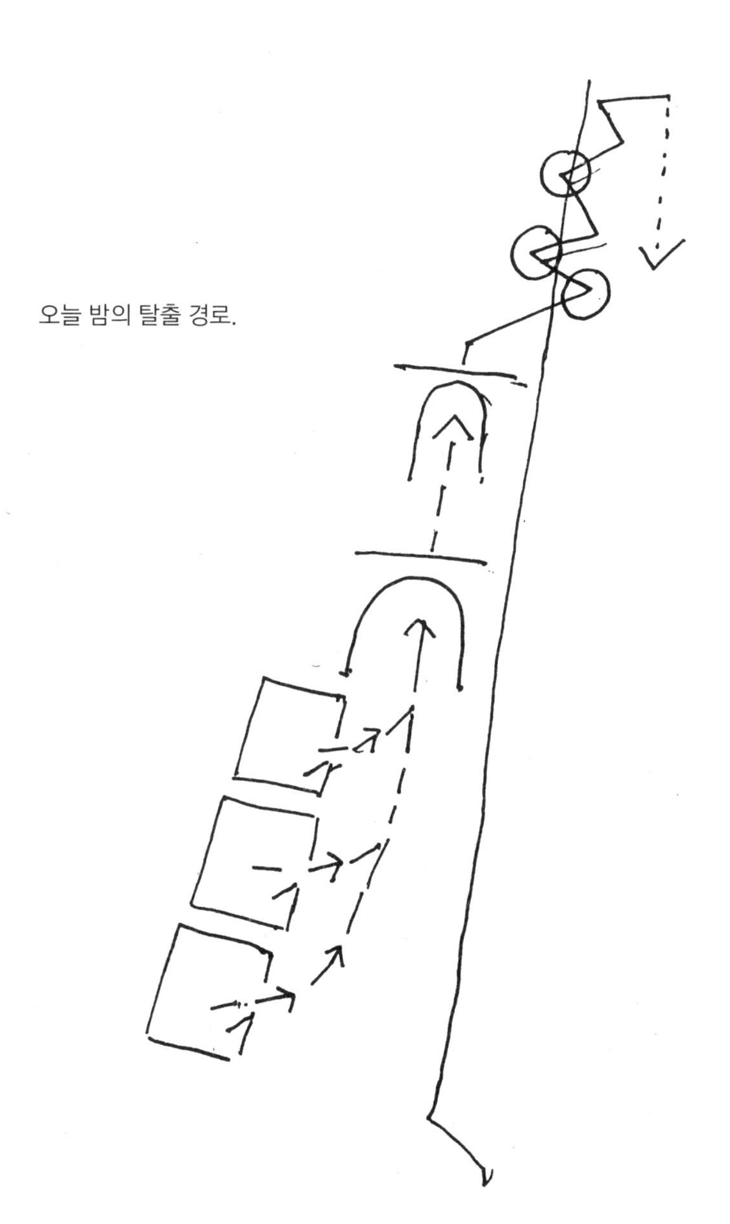

감사의 말

한 권의 책이 세상에 나오는 과정은 아무도 알 수 없지만, 그 신비한 과정에서 없어서는 안 되었을 사람들의 이름을 정확히 밝힐 수는 있다. 이 책의 경우에 그 사람들은 다음과 같다.

알렉스, 앤, 비벌리, 샬린, 엘리아, 캐러스, 기, 한스, 로나, 이레네, 이자벨, 장 피에르, 제레미, 카말, 카티야, 라티페, 레일라, 마흐무드 마리아 M, 마리아 N, 마이클, 미셸 D, 마셀 R, 나초, 넬라, 오마, 페트라, 필라, 라몬, 레마, 산드라, 셀쿡, 타니아, 톰, 야스미나, 이브, 이본, 지아드. 모두에게 감사를 드린다.

옮긴이의 말

사랑, 우리 자신으로 남기 위한 절박한 싸움

"인간의 진정한 적은 일반화이다."
—체슬라브 밀로즈(Czeslaw Milosz), 폴란드의 시인.

"내가 보낸 손 그림들을 창문 바로 아래 붙여 놓았다고 했죠. 그렇게 하면 바람이 불 때마다 그림들이 제 멋대로 흔들린다고요. 그 손들은 당신을 만지고 싶은 거예요."(본문 167쪽)

한 쌍의 연인이 있다. 남자는 이중종신형을 선고받고 감옥에 있고, 여자는 돌아오지 못할 남자를 기다리며 그에게 편지를 쓴다. 약제사인 여자는 여전히 약국을 찾아오는 '아픈' 사람들에게 약을 지어 주고, 그들의 상처를 돌보지만, 이제 그 모든 일상은 '사랑하는 이가 곁에 없는 상황'이라는 필터를 통해 해석된다. 그래서, 그녀는 총을 맞고 약국에 찾아온 소년에게서 그이의 모습을 보고, 마을에 새로 온 사람들을 그이에게 소개한다. 그리고, 이런저런 일이 없을 때는 끊임없이 그이와의 기억을 되새긴다. 그렇게 그녀는 연인의 부재(부재는 '있다가 없어진 것'이라는 점에서 '처음부터 없는 것'이었던 무와는 다르다)를 견딘다.

남자가 감옥에 간 이유는 테러리스트 조직을 결성했다는 것이다. 여인의 편지 뒤에 남자는 반세계화, 반자본주의에 대한 단상을 적어 두었다. 약제사인 여인도 가끔씩 '그들' 에게 저항하는 활동가로서의 모습을 보이지만, '그들' 의 정체는 분명하지 않다. 분명한 것은 그들이 군사적으로나 경제적으로 압도적인 위력을 가진 존재라는 점, 그리고 그러한 압도적인 힘의 우위를 바탕으로 그들이 밀어붙이는 것이 '세계화' 의 이름으로 포장된 일방적인 신자유주의라는 점이다. 불평등을 가속화하고, 전 세계를 자본을 위한 단 하나의 시장으로 만들려는 그 압도적인 힘에 맞서 아이다와 사비에르는 각자의 방식으로 저항한다.

세계화나 신자유주의에 반대하는 주장은 이미 익숙하다. 하지만 존 버거(John Berger)의 소설 『A가 X에게(From A to X)』가 보여주는 세계에서는, 지극히 개인적인 것이라고 여겨지는 연애 이야기가 세계화에 대한 저항으로 이어지고 있다. 이 소설에서 아이다와 사비에르의 사랑은 곧 저항의 다른 이름인 것이다. 우선 직접적으로, 아이다에게 있어 사랑하는 연인을 빼앗아 간 '그들' 에 대한 저항은 자연스러운 행동이다. 그리고 좀더 보편적으로 보자면, 세계화가 노리는 단일한 시장이라는 것이 차이를 인정하지 않는 자본의 폭력에 희생당하는 사람들의 절박함을 짓밟고 이루어진다는 점, 세상의 사람 수만큼이나 많은 다양성을 자본이라는 단일한 기준으로 파악하는 폭력성을 띠고 있다는 점 때문에, 사랑을 지키는 것은 그 폭력에 대한 저항으로 이어질 수밖에 없다. 사랑이라는 것이 원래 '그이만의 특징', 바로 개별성에 대한 맹목적인 긍정이기 때문이다. 그래서, 사비에르의 손목에 난 상처, 어디서도 알아들을 수 있는 그의 목소리, 세상의 그 어떤 남자와도 다른 그에 대한 사랑을 지키고자 하는 마음이, 인간을 '노동력' 으로만 파악하는 획일적인 자본주의에 대한 저항으로 이어질 수 있는 것이다. 그런 의미에서, "우리는 우리 자신으로 남기 위해 싸우는 거예요." (본문 95쪽) 라는 그녀의 말은, '사랑' 과 '저항' 이 하나로 묶인 두 사람만의 삶을 가장 잘 설명해 주는 것이라 하겠다.

소설 속에 등장하는 인물들, 그들만의 소중한 '이유' 들 역시 그런 다양성, 개인들 하나하나의 절박한 사연들을 지키고 싶은 존 버거의 마음의 표현일 것이다. 그것을 지켜야 하는 이유는, '다양성은 중요하다' 라는 막연한 가치 때문이 아니라, 인물들 한 명 한 명마다 다른 그들만의 이유들이 그들에게는 너무나 소중하고 절박하기 때문이다. 그 이유를 잃어버리는 순간 그들은 더 이상 그들 자신이 아닌 무엇이 되기 때문에, 그만큼 그 이유는 절박하다. 그런 절박함을 존중하고 인정해 주는 것은, '다양성' 이라는 공허한 개념이 아니라, 삶에 대한 존중에 다름 아닐 것이다. 권력을 가진 자든 가지지 않은 자든 당사자에게는 너무나 소중한 자신의 삶 말이다. 아이다와 사비에르의 사랑, 그리고 그들 주위의 다른 삶들을 애정을 갖고 그려 보임으로써 존 버거는, 한 개인의 가장 사적인 감정과 전 지구를 (폭력적으로) 장악해 가고 있는 정치·경제 체제를 하나의 세계 안에 그려내고 있다. 그런 점에서 이 소설은 "양심의 명령에 따르는 책임감과 감각적인 세계에 대한 배려를 동시에 보여주는 데 있어 존 버거만큼 성공한 작가는 없다"는 수전 손택(Susan Sontag)의 말을 다시 한번 확인시켜 준다고 할 수 있을 것이다.

존 버거는 이 책을 팔레스타인 작가인 가산 카나파니(Ghassan Kanafani, 1936-1972)에게 바친다고 했다. 가산 카나파니는 작가이자 난민 캠프의 교사였고, 마르크스주의를 기반으로 하는 팔레스타인해방인민전선(PFLP)의 창립 멤버였다. 1972년 베이루트에서 자신이 타고 있던 차가 폭파되어 사망했는데, 이것이 이스라엘 정보기구 모사드에 의한 암살임은 공공연한 비밀이다. 식민주의에 저항하는 단체 설립에 관여했다는 점, 그리고 교사이자 작가로서 난민 캠프 안에서 지도자적인 위치를 차지하고 있었다는 점 때문에, 혹시 그가 소설 속 사비에르의 모델이지 않았을까를 짐작해 볼 수도 있다. 이 책에서 어디까지가 현실이고 어디부터가 허구인지를 따지는 것은 소설의 핵심과는 상관없는 호기심일 뿐이겠지만, 그럼에도 불구하고, 존 버거가 가산 카나파니뿐만 아니라 사비에르의 메모를 빌려 여러 실존 인물들(프란츠 파농, 마르코스, 에두아르도 갈레아노, 우고 차베스 등)을 언급하는 이유를 생각해 보지 않을 수 없다. 아마도 그 이유는 사비에르와 아이다의 사랑이, 그리고 그들 주위 사람들의 '사연들'이 그저 소설 속 '이야기'만은 아님을, 세상 어딘가에서 진행 중인 현실임을 강조하기 위함일 것이다. 마찬가지로 사비에르에 대한 애칭이 스페인어, 터키어, 아랍어 등 여러 언어로 표현되는 것 역시, 소설 속의 삶이 단지 특정한 지역에서 일어난 한정된 이야기가 아니라, 전 세계 곳곳에서 진행 중인 보편적인 일임을 상기시키기 위함이 아닐까.

존 버거는 현실에 대해 직접 언급하는 것을 주저하지 않는 작가다. 지난해 말, 이스라엘이 가자 지구를 폭격해 천삼백여 명의 팔레스타인 사망자가 발생했을 때 그는 짧은 글을 인터넷에 올렸다.(원문은 www.opendemocracy.net/blog/admin/2008/12/29/john-berger-a-life-in-gaza 참조) 실제로 가자 지구에서 아이들을 대상으로 정기적으로 미술학교를 열고 있는 그는, 폭력에 고통받는 삶들에 대한 세상의 침묵 앞에서 '각자의 자리에서 할 수 있는 실천'의 중요성을 다시 한번 강조했다. 그 침묵은, 소설 안에서 아이다가 자신의 소망에 대한 아무런 대답을 주지 않는 세상에서 느꼈던 침묵과 다르지 않을 것이다. 하지만, 그녀는 그 침묵 앞에 절망하지 않았다.

"침묵은 언제나처럼 압도적이죠. 내가 받는 것은 당신의 응답이 아니에요. 있는 건 항상 나의 말뿐이었죠. 하지만 나는 채워져요. 무엇으로 채워지는 걸까요. 포기가 포기를 하는 사람에게 하나의 선물이 되는 것은 왜일까요. 그걸 이해한다면, 우리에겐 두려움도 없을 거예요, 야 누르, 사랑해요." (본문 183쪽)

아이다로 하여금 그 침묵 앞에서 절망하지 않을 수 있게 해주는 것이 바로 '사랑'의 힘이었다. 그것이 행복했던 사랑의 기억이든, 앞으로 되찾을 사랑에 대한 기다림이든, 그 부드러움은 폭력 앞에 무너지지 않고 거기에 저항할 수 있는 힘을 준다. 현재가 아무리 힘들어도 그것을 견딜 수 있게 해주는 '가장 긍정적인 경험'으로서의 사랑의 기억. 그 기억을 잃지 않고, 언젠가 '그때'를 되찾을 수 있기를 기다리는 동안만큼은, 우리는 우리 자신으로 남을 수 있을 것이다.

좋은 책을 번역할 수 있는 기회를 주신 열화당에 감사드린다.

존 버거(John Berger, 1926-2017)는 미술비평가, 사진이론가, 소설가, 다큐멘터리 작가, 사회비평가로 널리 알려져 있다. 처음 미술평론으로 시작해 점차 관심과 활동 영역을 넓혀 예술과 인문, 사회 전반에 걸쳐 깊고 명쾌한 관점을 제시했다. 중년 이후 프랑스 동부의 알프스 산록에 위치한 시골 농촌 마을로 옮겨 가 살면서 생을 마감할 때까지 농사일과 글쓰기를 함께했다. 주요 저서로 『다른 방식으로 보기』 『제7의 인간』 『행운아』 『그리고 사진처럼 덧없는 우리들의 얼굴, 내 가슴』 『벤투의 스케치북』 『우리가 아는 모든 언어』 등이 있고, 소설로 『우리 시대의 화가』 『G』 『킹』, 삼부작 '그들의 노동에' 『끈질긴 땅』 『한때 유로파에서』 『라일락과 깃발』, 『결혼식 가는 길』 『킹』 『여기, 우리가 만나는 곳』 등이 있다.

김현우(金玄佑)는 1974년생으로, 연세대학교 영어영문학과를 졸업하고 동대학원 비교문학과 석사과정을 수료했다. 역서로 『스티븐 킹 단편집』 『행운아』 『고딕의 영상시인 팀 버튼』 『G』 『로라, 시티』 『알링턴파크 여자들의 어느 완벽한 하루』 『벤투의 스케치북』 『돈 혹은 한 남자의 자살 노트』 『브래드쇼 가족 변주곡』 『그레이트 하우스』 『우리의 낯선 시간들에 대한 진실』 『킹』 『사진의 이해』 『우리가 아는 모든 언어』 『초상들』, 삼부작 '그들의 노동에' 『끈질긴 땅』 『한때 유로파에서』 『라일락과 깃발』 등이 있다.

A가 X에게 편지로 써어진 소설

존 버거 | 김현우 옮김

초판1쇄 발행 2009년 8월 25일 | 초판9쇄 발행 2024년 4월 10일 |
발행인 李起雄 | 발행처 悅話堂 경기도 파주시 광인사길 25 파주출판도시
전화 031-955-7000 팩스 031-955-7010 www.youlhwadang.co.kr yhdp@youlhwadang.co.kr

등록번호 제10-74호 | 등록일자 1971년 7월 2일 |
편집 조윤형 송지선 | 디자인 공미경 | 인쇄 제책 (주)상지사피앤비

ISBN 978-89-301-0350-3 03840